RENCONTRE

Pierrette Champon - Chirac

RENCONTRE

Roman

Toute ressemblance avec des personnes ayant existé ne serait que pur hasard.

© 2025 Pierrette Champon - Chirac

Édition : BoD - Books on Demand, 31 avenue Saint-

Rémy, 57600 Forbach, bod@bod.fr

Impression : Libri Plureos GmbH, Friedensallee 273,

22763 Hamburg (Allemagne)

ISBN : 978-2-3225-5864-3

Dépôt légal : janvier 2025

À Alexandre

en souvenir du marché de Noël 2024

Chapitre 1

La rencontre

Diane l'avait rencontré au marché de Noël organisé par l'association des artisans et commerçants, un événement qui illuminait la petite ville chaque année. Ce dimanche 8 décembre, la journée serait particulièrement animée, avec une myriade d'activités se disputant l'attention des habitants : un loto au village voisin, un déjeuner traditionnel aux tripous et à la tête de veau dans une autre salle de la ville, la messe dominicale attirant les fidèles au clocher et, même un concours de pétanque organisé au profit du Téléthon. Les exposants du marché se demandaient, avec une pointe d'inquiétude s'il y aurait suffisamment de visiteurs pour justifier leurs efforts.

Diane avait longuement réfléchi avant de confirmer sa participation. En envoyant son inscription à l'animatrice, elle avait expressément demandé une table dans la rangée de droite, juste après l'entrée, convaincue que cette position stratégique mettrait en valeur son étalage de livres. Mais, à la dernière minute, une intuition la poussa à changer d'avis. La veille, elle avait finalement demandé à être placée sous la scène, comme l'année précédente. Ce choix, qu'elle jugeait anodin, allait pourtant bouleverser le cours de sa journée. Elle n'imaginait pas encore qu'une rencontre marquerait le début d'une histoire qui chamboulerait son existence.

Elle était arrivée la veille, dès le samedi après-midi, ses deux valises de livres soigneusement empilées dans le coffre de sa voiture, dont le moteur ronronnait encore dans l'air glacé de l'hiver. Le froid mordant s'insinuait jusque dans ses vêtements, mais elle n'y prêta guère attention, concentrée sur son objectif : s'assurer une place de parking stratégique devant la salle des fêtes. Elle voulait pouvoir décharger ses trésors littéraires sans avoir à parcourir de longues distances, craignant que le temps ne se gâte.

À son grand soulagement, juste au moment où elle coupait le contact, une de ses connaissances apparut, emmitouflée dans une écharpe épaisse et lui proposa spontanément son aide. Ensemble, ils s'affairèrent à transporter les valises jusqu'à l'entrée, profitant d'une éclaircie inespérée. Quelques minutes plus tard, alors qu'elle venait tout juste de mettre ses affaires à l'abri, une averse de grêle s'abattit brusquement, martelant les vitres et obscurcissant le ciel d'un gris presque nocturne. Elle adressa un sourire silencieux à son allié providentiel, reconnaissante de leur synchronisation parfaite.

– Bonjour, pouvez-vous m'indiquer la place que vous m'avez réservée ? demanda-t-elle à l'animatrice, installée derrière une table où s'entassaient des fiches et des stylos.

La femme releva les yeux, un sourire professionnel sur les lèvres.

– Comme vous me l'aviez demandé, votre table est juste devant la scène. Bonne installation ! Vous prendrez le repas de midi avec nous ?

– Oui, je me suis inscrite. Ce sera l'occasion de faire connaissance avec les exposants, répondit-elle avec un sourire, ravie de l'idée de partager un moment convivial.

Elle s'approcha de sa table, déploya une nappe aux couleurs chatoyantes de Noël, ornée de petits sapins scintillants et entreprit de déballer ses ouvrages avec une attention méticuleuse. Ses doigts s'attardèrent sur les couvertures glacées, comme pour leur transmettre un peu de chaleur. Tout en s'activant, elle ne put s'empêcher de jeter un coup d'œil furtif aux étiquettes disposées sur les tables voisines. Sur sa droite, un artisan sculpteur dont elle imagina les créations, sans encore les apercevoir et, sur sa gauche, une table sans le moindre indice sur l'identité de son occupant.

Elle espérait ne pas croiser à nouveau les exposants de l'année précédente, ceux qui l'avaient ignorée comme si elle était invisible, absorbés dans leurs discussions animées sur les recettes de confitures maison et les prix des chocolats artisanaux qu'ils proposaient avec enthousiasme au public. Diane se souvenait de leur indifférence, de ce sentiment de solitude au milieu du brouhaha festif. Peut-être, cette fois, la chance lui sourirait-elle avec de nouveaux voisins de table. Elle rêvait d'échanges simples et sincères, d'un peu de chaleur humaine qui ferait écho à l'esprit de Noël.

Autour d'elle, les organisateurs du marché de Noël s'activaient, réglant les derniers détails avec une énergie fébrile. Près de la scène, des branches de sapin fraîchement coupées étaient ajustées avec un soin méticuleux, exhalant un parfum boisé qui emplissait la salle d'une ambiance authentique. Les guirlandes scintillantes, suspendues comme des étoiles, achevaient de transformer l'espace en un écrin féérique. Demain, dimanche, l'incontournable Père Noël s'installerait dans son majestueux fauteuil de velours rouge, prêt à accueillir des enfants émerveillés et à graver des souvenirs impérissables sous l'objectif du photographe.

Une fois son stand préparé avec le soin qu'elle aimait y mettre, ses livres alignés comme des soldats prêts pour une parade littéraire, Diane était rentrée chez elle. L'installation anticipée lui offrait le luxe de revenir plus tard, le dimanche matin, à l'heure d'ouverture pour les visiteurs. Cela lui laissait le temps de savourer un moment de calme avant la journée animée qui l'attendait.

Elle ne nourrissait pas de grandes illusions quant à la vente de ses romans. Même avec les quatre derniers titres de l'année 2024 soigneusement exposés, elle savait que les visiteurs du marché de Noël étaient rarement là pour des livres. Pourtant, elle n'en était pas amère. Elle en avait écrit quarante-sept, une œuvre de vie bâtie avec passion et, son imagination fertile et insatiable, semblait encore inépuisable. Cette pensée la réconfortait : écrire était son refuge, sa manière de transformer un quotidien parfois morose en un univers vibrant de couleurs et d'émotions.

Ses titres trouvaient davantage leur public sur les réseaux sociaux, où des lecteurs partageaient leurs coups de cœur et leurs commentaires chaleureux. Mais cela importait peu à Diane : elle écrivait avant tout pour elle-même, pour ce plaisir intime de créer des mondes et de dialoguer avec ses personnages de papier, souvent plus vivants à ses yeux que ses semblables.

Cette nuit-là, elle s'endormit avec une douce sérénité. Cette année, son étalage aurait un éclat particulier, rehaussé par les deux magnifiques présentoirs en bois conçus et fabriqués avec amour par son filleul. Leurs lignes élégantes et leur finition soignée témoignaient du temps et de la tendresse qu'il avait consacré à leur réalisation. Diane y voyait un symbole précieux : un lien entre son univers d'écrivain et celui, tout aussi créatif, de son filleul.

Le lendemain matin, vers 9 h 30, elle trouva une place dans l'immense parking végétalisé, où les graviers scintillaient sous une fine couche de gel. Les herbes folles bordaient les allées, figées dans une beauté cristalline par le froid mordant. Lorsqu'elle pénétra dans la salle, un éclat de lumière attira immédiatement son regard : un majestueux sapin de Noël, richement décoré de boules étincelantes et de guirlandes dorées, trônait fièrement au centre. Il semblait être le cœur battant de l'événement, capturant l'attention des premiers arrivants. Son parfum résineux, mêlé à celui des premières châtaignes grillées au-dehors, emplissait l'air d'une chaleur familière et réconfortante.

Le bruissement des conversations commençait à emplir la salle, mêlé aux échos métalliques des installations encore en cours. Une douce excitation montait en elle : cette journée promettait d'être aussi riche en rencontres qu'en surprises.

La plupart des stands étaient déjà prêts et elle traversa la salle en saluant de la tête les vendeurs qu'elle connaissait. Sur la scène, le Père Noël affalé dans un large fauteuil attendait les familles. Sa barbe blanche touffue dissimulait presque tout son visage, ne laissant entrevoir que ses yeux pétillants. Les visiteurs, intrigués, murmuraient en essayant de deviner son identité. Lui faisant face, le photographe ajustait ses projecteurs, prêt à immortaliser les sourires émerveillés des enfants qui viendraient poser pour la traditionnelle photo sur les genoux du Père Noël.

Arrivée à son stand, elle prit un instant pour ajuster les derniers détails. Elle alluma la guirlande clignotante qui serpentait élégamment autour de ses ouvrages, ajoutant une touche de magie à son espace. En face d'elle, des montagnes de biscuits artisanaux, dont les fameux gâteaux à la broche régionaux, scintillaient sous les projecteurs. À côté, un assortiment de savons colorés exhalait des parfums de lavande, de rose, de miel et de romarin, enveloppant l'espace d'une douceur olfactive apaisante.

Pourtant, malgré cette atmosphère presque féerique, une pointe d'appréhension subsistait. Elle redoutait les interactions avec ses voisins. Elle n'attendait d'eux rien de plus qu'un sourire ou un bonjour, un simple geste de convivialité pour alléger ces longues heures à partager. Mais elle savait, par expérience, que les marchés de Noël, derrière leurs apparences enchantées, étaient souvent des lieux où chacun défendait jalousement son petit territoire comme si la moindre sympathie pouvait nuire aux ventes. Après tout, ils allaient passer ces longues heures ensemble, dans cette salle où les rires des enfants, le tintement des clochettes du Père Noël et les effluves de vin chaud créaient une ambiance presque magique.

C'est alors qu'il lui apparut, surgissant avec une tranquillité désarmante, comme un souffle d'exotisme entre deux rameaux de son stand de plantes tropicales. Un homme à l'allure posée, vêtu d'un T-shirt clair, défiant l'air piquant de cette journée hivernale. Sa présence semblait irréelle, presque hors du temps. Son sourire, empreint d'une sincérité désarmante, était comme une promesse murmurée, un écho d'histoires lointaines et de secrets botaniques soigneusement préservés.

Elle sentit une vague d'émotion la traverser, conquise à l'instant par son regard clair, limpide comme une source d'eau pure, un contraste saisissant avec les teints chauds et les yeux sombres des autochtones au charme méditerranéen. Il avait quelque chose d'indéfinissable, un magnétisme doux et rassurant, qui évoquait en elle une image familière et rassurante. Kevin Costner, pensa-t-elle, cherchant instinctivement une référence pour ancrer ce visage dans sa mémoire.

Elle, qui s'était toujours targuée de ne pas juger les gens sur leur apparence, se surprit à penser qu'un homme doté d'un tel sourire et d'une telle aura ne pouvait être qu'une âme bonne et lumineuse. Était-ce une intuition, ou le début d'un lien inexplicable qui venait de se tisser entre eux ?

Sans chercher à le dévisager, Diane remarqua une médaille intrigante pendue à son cou : l'arbre de vie, un symbole ancien et universel. Ses racines s'enfonçaient profondément dans la terre, tandis que ses branches semblaient effleurer le ciel, créant un pont entre le monde terrestre et l'éthéré. Symbole d'éternité, de sagesse et d'équilibre, cet arbre représentait également l'évolution humaine, puisant dans ses origines pour s'élever au fil des expériences.

Pourtant, ce bijou avait quelque chose de singulier. Contrairement aux représentations classiques qu'elle connaissait, des détails marquaient la différence. Les feuilles semblaient presque palpiter et les racines formaient des entrelacs qui rappelaient un motif ancien, comme un secret gravé dans le métal. Diane sentit une curiosité irrépressible s'éveiller en elle.

L'homme, comme devinant son intérêt, effleura la médaille du bout des doigts. Son sourire, jusque-là si assuré, vacilla légèrement.

– Un cadeau de ma tante, murmura-t-il, comme pour couper court à toute interrogation, elle dit qu'elle vient de ses ancêtres.

Diane hoche la tête, un sourire poli aux lèvres.

– C'est un beau cadeau, répond-elle simplement.

Mais alors qu'il glissait la médaille dans le col de son t-shirt, un détail attira son attention. Le métal brillait avec une intensité presque irréelle et la chaîne semblait neuve, comme si l'objet avait été récemment restauré… ou acheté. Une idée lui traversa l'esprit. Était-il possible que cette médaille vienne de la petite boutique de bijoux qui avait récemment ouvert dans le village ?

Elle se souvenait de la vitrine soigneusement agencée, où chaque pièce semblait unique, presque vivante. La vendeuse, une femme à l'allure énigmatique, lui avait souri lorsqu'elle était passée devant, un sourire qui avait eu quelque chose d'invitant, presque complice.

– Elle l'a trouvée ici, dans le village ? demande-t-elle, feignant l'indifférence.

L'homme hausse légèrement les épaules, son regard fuyant.

– Je crois, oui. Elle aime beaucoup ce genre de choses… artisanales.

Il avait prononcé ce dernier mot avec une hésitation imperceptible, mais suffisante pour éveiller davantage la curiosité de Diane. Pourquoi ce malaise ? Avait-il menti sur son origine ? Pourquoi ? Était-il possible que cette médaille ne soit pas ce qu'elle semblait être ?

Elle sentit un étrange frisson l'envahir. Cet arbre de vie lui en rappelait un autre. Où l'avait-elle vu ? Était-ce dans un livre, un rêve, ou un souvenir oublié ? Un pressentiment lui soufflait que cette médaille n'était pas un simple bijou, mais un indice, le fragment d'un puzzle plus vaste.

Et si cette rencontre n'était pas le fruit du hasard ?

Un ange passa et elle profita de l'occasion pour s'éclipser à la recherche du café de bienvenue offert aux exposants. En son absence, il parcourut du regard les couvertures des romans exposés, peut-être pour en savoir plus sur elle. Une en particulier retint son attention : « Étrange rencontre en forêt ». Ses doigts effleurèrent doucement la couverture, comme s'il en pressentait l'histoire. Lorsqu'elle revint, sa tasse de café bouillant entre les mains, il l'interpella d'un ton familier. Cette simplicité la toucha immédiatement. Le tutoiement spontané lui mit du baume au cœur. Dans cet univers souvent froid et calculé, cette rencontre semblait prometteuse d'une chaleur inattendue.

Chapitre 2
L'attirance

D'un ton naturel et sans détour, il engagea la conversation :

– La couverture de ton livre me fait penser à un cimetière abandonné que j'ai découvert récemment, enfoui dans une forêt à une vingtaine de kilomètres d'ici.

Elle releva la tête, son regard accrochant le sien avec une curiosité naissante. Portés par une voix douce et profonde, ses mots s'incrustaient en elle en éveillant une étrange sensation.

– Un cimetière abandonné ? Comment est-ce possible ? N'y a-t-il plus personne parmi les villageois pour l'entretenir ?

Il haussa légèrement les épaules, un sourire énigmatique au coin des lèvres, un éclat mystérieux dans le regard.

– C'est un lieu étrange presque irréel, comme s'il avait été oublié par le temps et par les hommes. Il n'a rien de banal. Il dégage une force, une mélancolie qui te hanterait sûrement. Je suis sûr que ça t'inspirerait un roman. Il y règne une atmosphère si singulière, si dense, qu'on dirait qu'il respire encore les histoires des âmes qui y reposent. Un bel endroit où le minéral se mêle au végétal. Tu devrais vraiment aller voir.

Il avait légèrement haussé le ton en prononçant le mot végétal.

Pour appuyer ses paroles, il sort son téléphone avant qu'elle n'ait le temps de répondre. Après quelques manipulations, il lui tend l'écran.

– Regarde.

Elle plisse les yeux pour mieux distinguer les images. Ce qu'elle découvre la laisse sans voix. Sur la première photo, des pierres tombales, rongées par les années, se dressent timidement au milieu d'une végétation luxuriante, comme si elles tentaient de résister à l'oubli. Leurs inscriptions, effacées par le vent et la pluie, n'étaient plus qu'un vague souvenir des noms qu'elles avaient portés, comme si la mémoire des défunts s'était évaporée avec le temps. Le lierre, indomptable, s'enroulait autour des croix de fer branlantes, les étouffant dans une étreinte silencieuse, tandis que les racines d'arbustes s'étaient infiltrées dans les fissures des dalles, les soulevant et les brisant sans pitié.

Elle reste fascinée par ces images. Elle imaginait les âmes errantes qui auraient pu hanter ce lieu, les secrets qu'il devait encore garder jalousement. Une phrase de Jean d'Ormesson lui revient « Il y a quelque chose de plus fort que la mort, c'est la présence des absents dans la mémoire des vivants ».

Son attention soutenue trahit l'effet profond que ces photos avaient sur elle. Le frisson qui la parcourt n'était pas de peur, mais d'une exaltation presque mystique. Une envie irrépressible naquit en elle : se rendre sur place, sentir l'odeur de la terre humide, écouter le silence oppressant de ce cimetière endormi sous un manteau végétal.

Elle glisse son doigt sur l'écran pour faire défiler les images, chacune plus poignante que la précédente. Sur l'une d'elles, un ange de pierre, mutilé par le temps, semble pleurer une éternité perdue. Sur une autre, un sentier couvert de feuilles mortes serpente entre les tombes, menant à un portail rouillé qui pend de travers, comme une invitation inquiétante à pénétrer dans ce royaume de l'oubli.

Elle ne pouvait détacher ses yeux de ces clichés. Ils semblaient lui murmurer des secrets, des histoires enfouies sous la mousse et les ronces. Peu à peu, son esprit s'évada, franchissant les murs du marché de Noël pour se perdre dans cette forêt mystérieuse. Elle s'imaginait déjà marchant dans ce cimetière, ressentant le poids des siècles sous ses pas, entendant le craquement des branches mortes sous ses pieds et le bruissement du vent dans les arbres.

Ce lieu semblait l'appeler, comme un murmure ancien, une voix familière qui résonnait dans les profondeurs de son âme. Chaque ombre, chaque souffle de vent semblait chargé d'une attente silencieuse.

– Il faut que j'y aille, murmura-t-elle, le souffle court, sa voix à peine audible, comme si ces mots s'échappaient malgré elle, dictés par une force qu'elle ne comprenait pas.

Son cœur battait à un rythme étrange, entre crainte et exaltation, tandis qu'un frisson parcourait sa peau.

– Oui, répondit-il d'un ton grave et apaisant, il le faut. Ne tarde pas. Ce que tu découvriras éclairera ton cœur.

Il avait parlé avec une telle certitude, une telle intensité, que ses mots semblaient s'inscrire dans l'air, impossibles à ignorer.

Dans un état second, enveloppée par l'écho de sa voix, elle sentit ses résistances s'effondrer, comme une digue cédant sous la force d'une vague. Ce lieu, cette invitation, cet instant… tout semblait conspirer pour la pousser à avancer.

Elle savait qu'elle ne tiendrait pas longtemps face à cet appel. Une chaleur douce, mais insistante émanait de sa voix comme si quelque chose en elle se préparait à renaître.

Et déjà, dans l'esprit de Diane, les contours d'une nouvelle histoire prenaient forme, une histoire nourrie par l'étrange beauté de cet endroit oublié. Ce n'était pas un simple lieu, mais un écrin de mystères, un sanctuaire où le passé et le présent se mêlaient dans un silence chargé d'émotions.

Elle espérait qu'il lui dirait « je t'y conduirai » pour passer plus de temps avec cet homme séduisant, mais l'invitation ne vint pas.

De son côté, il semblait aussi éprouver une attirance pour elle tout en restant discret, c'est du moins ce qu'elle imaginait. Elle louait le hasard qui les avait placés l'un près de l'autre.

Chapitre 3
L'incident

Un claquement sourd, suivi d'une odeur âcre de brûlé, la ramena brutalement à la réalité. Ils sursautèrent ensemble, tirés de leur rêverie par cet incident inattendu. Le projecteur du photographe, allumé pour immortaliser la première photo avec le Père Noël, venait d'exploser à quelques mètres derrière eux. L'atmosphère se chargea instantanément d'un nuage étouffant, irritant les yeux et rendant l'air presque irrespirable.

Un brouhaha s'éleva parmi les exposants proches, certains poussant des exclamations, d'autres se précipitant vers la sortie. Elle ne fit pas exception, plaquant un mouchoir sur son nez pour filtrer l'air vicié, les yeux rougis par la fumée. Le quart de la salle se vidait dans une cohue désordonnée. Lorsqu'elle franchit enfin les portes, l'air frais du matin, chargé d'un faible éclat de soleil hivernal, la frappa comme une bouffée de vie. Elle inspira profondément, sentant son esprit se clarifier.

Un rire nerveux s'échappa de ses lèvres, bientôt rejoint par celui des exposants qui l'avaient suivie ou précédée à l'extérieur. Tous semblaient soulagés de retrouver le calme et la lumière du jour. Les remarques fusaient, chacun cherchant à désamorcer l'incident par l'humour.

– J'ai cru qu'on avait tiré un coup de fusil ! lança l'un, les mains dans les poches, visiblement encore secoué.

– Je vois en vous un chasseur en herbe ! rétorqua son voisin en tapant des pieds sur le sol humide pour se réchauffer.

– Ou peut-être un attentat contre le Père Noël ? ajouta un autre, un sourire espiègle aux lèvres.

Elle ne put s'empêcher d'ajouter, un brin moqueur :

– Moi, j'ai pensé qu'au premier éclair du flash, le Père Noël avait disparu dans les airs, comme par enchantement !

Un éclat de rire général accueillit sa remarque.

– Et comment aurait-il fait, hein ? Vous croyez encore aux contes de fées ? s'amusa un homme au manteau trop grand, qui semblait savourer le moment.

Elle haussa les épaules en souriant, mais ses pensées s'éloignèrent déjà de cette scène animée. Une idée la traversa soudain : elle avait le temps de faire un saut chez elle. Son chien, resté seul, devait probablement l'attendre et l'incident venait de lui offrir une pause imprévue dans sa matinée.

En reprenant sa voiture, elle espérait retrouver la même place sur le parking, évitant ainsi une marche inutile. Sa maison n'était qu'à quelques rues et l'aller-retour ne prendrait guère plus de dix minutes. En franchissant la porte, son chien, un labrador au pelage doré, l'accueillit avec un regard mêlant étonnement et reproche. À en juger par son bol rempli de croquettes, il s'était préparé à une longue attente. Elle lui gratta distraitement la tête avant de filer vers la salle de bain. Devant le miroir, elle s'arrêta un instant, peigna rapidement ses cheveux, et ajusta son chemisier froissé par l'agitation de la matinée. Elle poussa un soupir en pensant au stand qui l'attendait et au public qui ne tarderait pas à la sortie de la messe.

Son escapade n'avait duré qu'un quart d'heure. De retour au parking, elle fut agréablement surprise de retrouver la même place libre, comme si le temps s'était figé pendant son absence. L'horloge de son tableau de bord affichait onze heures trente. Déjà, la foule commençait à se masser devant les portes du marché, créant une ambiance fébrile et animée.

Elle traversa la salle avec difficulté, slalomant entre les visiteurs et leurs sacs encombrants. Devant son stand, cinq ou six personnes s'étaient agglutinées, feuilletant ses livres avec curiosité. Parmi elles, Diane reconnut deux fidèles lectrices, des habituées des salons littéraires.

– Dites-nous, quels sont vos derniers romans ? demanda l'une d'elles, un sourire enthousiaste aux lèvres.

Elle désigna, « Loin de la mer et des vagues », en souriant.

– Lisez le résumé, cela ne vous engage à rien, dit-elle d'un ton léger.

D'autres visiteurs semblaient captivés par « Tragédie au moulin ». L'un d'eux, un homme d'âge mûr, s'avança avec une question :

– Ce sont des histoires vraies ?

Elle secoua la tête avec une assurance tranquille.

– Le cadre est réel, mais l'histoire sort entièrement de mon imagination. Reproduire des faits ayant existé ne m'intéresse guère. Ce que j'aime, c'est faire travailler mes méninges. Écrire une biographie ou relater l'histoire d'un château, c'est trop facile, il suffit de consulter des archives. Moi, je veux offrir à mes lecteurs une évasion, une parenthèse loin du quotidien parfois morose. Mes romans sont des divertissements, avant tout.

Son discours sembla convaincre plusieurs personnes, qui sortirent leur portefeuille pour acheter un exemplaire. Le tintement des pièces et le froissement des billets lui procurèrent une satisfaction discrète, bien qu'elle s'efforçât de ne rien laisser paraître.

Elle passe un peu de temps avec un couple qui lui pose des questions et en même temps lui raconte sa vie. Elle, en fauteuil roulant, veuve depuis quatre ans, vient, à 80 ans, de retrouver l'amour. Diane trouve que c'est une belle histoire qui lui donne de l'espoir. Divorcée et seule depuis 5 ans la quinquagénaire a presque renoncé à trouver l'âme sœur. Au passage de ce couple, elle se dit que rien n'est impossible puisqu'au seuil de la vieillesse deux cœurs peuvent encore battre à l'unisson par amour. L'attention, que l'homme manifeste pour sa compagne, touche Diane. Ils semblent heureux ensemble, malgré le handicap de la femme.

Une annonce retentit pour les participants au repas et certains exposants vont s'attabler au bar tandis que la salle se vide peu à peu.

Une fois la foule dissipée, elle s'assoit enfin sur sa chaise, un soupir de soulagement lui échappant. Elle note sur un calepin le titre des exemplaires vendus, puis se tourne vers son voisin, prête à reprendre leur conversation interrompue. Mais en jetant un coup d'œil vers son stand, elle sent son cœur manquer de battements.

Il n'est plus là !

Chapitre 4
La disparition

Son stand de plantes exotiques a disparu, comme s'il n'avait jamais existé. À sa place se dresse un étalage de bijoux étincelants, tenu par une femme élégante. Les reflets des colliers et des bracelets, sous les lumières du marché, semblent presque irréels, ajoutant à la confusion de Diane. Ses doigts se crispent sur le bord de la table. Était-elle en train de rêver ? Ou bien quelque chose d'inexplicable venait-il de se produire ?

Où était-il passé ? Pourquoi n'avait-il pas attendu son retour ? Était-il sorti prendre l'air en même temps qu'elle ? Mais alors, comment avait-il pu libérer son stand en un temps record et surtout, partir précipitamment sans lui dire au revoir ? Tout cela n'avait aucun sens. Et comment le retrouver à présent, elle qui ignorait même son nom ?

Pourtant, elle avait lu dans son regard que sa présence ne lui était pas indifférente, qu'il était attiré par elle comme elle l'était par lui. S'était-elle trompée ? Avait-elle imaginé cet accord parfait qui venait de naître ? Son visage, ses yeux, sa voix étaient imprimés en elle, ils faisaient partie d'elle.

Un frisson d'angoisse lui parcourt l'échine. Elle se lève lentement, les jambes soudaines flageolantes et s'approche de la femme au stand de bijoux, son cœur battant plus vite à chaque pas.

– Excusez-moi, madame, savez-vous ce qu'il est arrivé au stand qui était là ? demande-t-elle, la voix tremblante, presque inaudible.

La femme relève la tête, un sourire énigmatique flottant sur ses lèvres carmin. Ses yeux, perçants et impénétrables, fixent Diane un instant avant qu'elle ne réponde.

– De quel stand parlez-vous ?

– Un stand de plantes tropicales, tenu par un paysagiste avec lequel j'ai longuement échangé. Il était juste à côté du mien.

La femme hausse un sourcil, l'air perplexe, mais sa réponse est sèche :

– Je n'ai vu personne quand je suis arrivée et vous n'y étiez pas quand je me suis installée.

Puis, sans un mot de plus, elle se replonge dans l'arrangement minutieux de ses colliers scintillants, ses gestes précis trahissant une irritation croissante.

Diane reste figée, incrédule. Elle passe et repasse devant le stand, scrutant chaque recoin à la recherche d'un indice. Il ne pouvait pas avoir enlevé ses plantes sans laisser la moindre trace, pas même une feuille. Et pourtant, tout semblait impeccable, comme si le stand s'était évaporé.

La femme, manifestement agacée, s'assoit derrière son étalage, croisant les bras avec un soupir exaspéré. Diane sent un malaise grandir en elle. Quelque chose clochait, elle en était certaine.

Déterminée à en savoir plus, elle décide d'aller voir l'animatrice de l'événement. Après tout, c'était elle qui avait reçu les inscriptions des exposants et désigné les emplacements. Elle saurait forcément qui était ce mystérieux paysagiste… et pourquoi il s'était volatilisé.

Mais la trouver ne fut pas chose aisée. L'animatrice, débordée, allait d'un stand à l'autre, récoltant des lots pour la tombola organisée à l'intention des visiteurs. Diane finit par l'apercevoir, penchée sur un stand de poteries, mais lorsqu'elle veut l'interpeller, un exposant l'accapare à nouveau.

Le mystère persiste. Diane, l'esprit en ébullition, sent une étrange certitude s'installer en elle : cette disparition n'était pas le fruit du hasard.

Chapitre 5
Est-ce qu'elle divague ?

Depuis sa disparition, le marché de Noël avait perdu toute sa magie. Les guirlandes scintillaient, les stands regorgeaient de douceurs et d'artisanat, mais pour elle, tout semblait terne, comme noyé dans un épais brouillard. On lui parlait, elle répondait à peine, ses mots mécaniques, vidés de toute chaleur. Même les chants de Noël diffusés par les haut-parleurs, qui d'ordinaire réchauffaient son cœur, glissaient sur elle comme une pluie froide. Que lui arrivait-il ?

C'était comme si, en disparaissant, cet homme avait emporté une partie d'elle-même. Elle se sentait amputée d'un lien invisible, mais puissant, un fil qui avait relié leurs âmes le temps d'un instant.

Après le repas pris en commun avec les exposants, les lecteurs continuent d'affluer à son stand, attirés par ses romans soigneusement exposés. Elle vend une vingtaine d'exemplaires, signant des dédicaces avec un sourire poli. Mais elle n'était plus là, pas vraiment. Son esprit était ailleurs, happé par l'ombre de l'absent. Pourquoi était-il parti si précipitamment ? Pourquoi sans un au revoir, sans même lui donner son nom ?

Elle se torturait de questions sans réponses. Avait-elle dit quelque chose de maladroit, un mot qui l'aurait blessé ? Avait-elle mal interprété son intérêt ? Lui, pourtant, pouvait facilement la retrouver. Son nom, ses coordonnées, tout était inscrit sur la quatrième de couverture de ses livres. Mais il ne le ferait pas. Elle en était presque certaine.

Finalement, elle tenta de se raisonner. Peut-être avait-elle simplement imaginé une connexion qui n'existait pas. Elle avait toujours eu cette tendance à s'emballer, à croire trop vite en des rencontres pleines de promesses. Pourquoi cet homme, mystérieux et captivant, s'intéresserait-il à elle ? Elle n'avait rien de particulier. Après tout, c'était son roman, Étrange rencontre en forêt, qui l'avait attiré, rien de plus.

Cherchant à chasser cette mélancolie, elle se lève et se dirige vers le stand voisin, celui de la créatrice de bijoux pour rompre le mur de silence qui s'était dressé à son arrivée. Les pièces exposées brillaient doucement sous les guirlandes lumineuses. Mais son regard fut immédiatement capté par un pendentif : un arbre de vie.

Il ressemblait étrangement à celui que portait l'inconnu. Le même entrelacement des racines, la même finesse dans les branches, cependant avec un rien de différent. Une idée s'impose à elle. Et si c'était ici que sa tante avait acheté la médaille ? Y avait-il un lien entre la vendeuse de bijoux et cet homme énigmatique ?

Elle s'approche, feignant un intérêt désinvolte et examine l'étalage. La femme élégante au regard perçant lui adresse, cette fois, un sourire chaleureux, c'est alors qu'elle reconnaît la vendeuse du nouveau magasin.

– Ce pendentif est magnifique, dit Diane en pointant du doigt l'arbre de vie. Vous en vendez beaucoup ?

– Quelques-uns, répond la dame. Chaque pièce est unique, fabriquée à la main. Celui-ci est très spécial, il a une histoire.

Une histoire. Ces mots résonnent en elle, éveillant un tourbillon de pensées. Était-il possible que cet arbre de vie soit lié à l'homme ? À sa tante ?

Elle n'ose pas poser davantage de questions, mais son imagination s'emballe. Si l'inconnu connaissait la vendeuse, cela signifiait qu'ils partageaient un lien. Mais lequel ? Était-il parti pour lui céder sa place sur le marché, ou pour une raison plus personnelle ?

Les idées se bousculent dans son esprit. Et si cette rencontre n'était pas le fruit du hasard ?

Avant de reprendre sa place pour rejoindre ses lecteurs, Diane s'enhardit à poser une autre question, bien consciente du risque de froisser la vendeuse :

– C'est curieux, le paysagiste que j'ai vu sur cet emplacement avant vous portait un médaillon presque semblable à celui-ci, dit-elle en désignant le pendentif exposé sur le stand.

Elle sentit son cœur battre un peu plus vite, consciente de l'audace de sa remarque. Elle guette la réaction de la vendeuse, scrutant le moindre signe de trouble, mais la femme, imperturbable, répond d'un ton égal :

– C'est possible, mais je ne vois pas de qui vous parlez.

Cette réponse, bien que calme, semblait soigneusement calibrée. Diane insiste, sa curiosité piquée au vif :

– Vous avez dû arriver au moment où il partait. C'est étrange que vous ne l'ayez pas remarqué. Vous avez eu de la chance qu'il vous laisse sa place.

Un sourire imperceptible effleure les lèvres de la vendeuse.

– J'avais réservé cet emplacement dès l'ouverture des inscriptions, répondit-elle, presque avec une pointe de défi.

Diane fronce légèrement les sourcils, cherchant à démêler le vrai du faux.

– Peut-être a-t-il pensé que vous ne viendriez pas, et puis vous êtes arrivée au dernier moment…

Cette fois, la vendeuse lève les yeux vers Diane, son regard soudain plus froid, plus tranchant.

– Cette conversation me fatigue, déclara-t-elle, sa voix plus sèche. Je crois que vous divaguez, madame la romancière. Vous avez peut-être imaginé ce personnage. Après tout, n'est-ce pas votre spécialité d'inventer des histoires ?

L'ironie dans sa voix était indéniable. Diane sentit un frisson lui parcourir l'échine, à mi-chemin entre l'agacement et l'intuition que quelque chose lui échappait.

– Cessez de m'importuner, ajoute la vendeuse, en détournant les yeux pour se concentrer ostensiblement sur un autre client.

Diane reste figée un instant, déstabilisée par cette réaction. Avait-elle touché une corde sensible, ou bien la vendeuse disait-elle la vérité ? Et si elle avait raison ? Et si cet homme n'était qu'une illusion née de son imagination fertile ? Mais non ! Elle se souvenait de son sourire, de sa voix, de ce lien inexplicable qu'elle avait ressenti. Ce n'était pas une invention. Alors pourquoi la vendeuse semblait-elle si agacée, presque sur la défensive ?

Diane retourne à son stand, mais son esprit continuait de tourner en boucle. Était-il possible que la vendeuse connaisse cet homme et cache quelque chose ? Ou bien son imagination avait-elle inventé ce personnage ?

Elle regarda le pendentif une dernière fois avant de s'éloigner. L'arbre de vie, avec ses racines profondes et ses branches élancées, semblait presque lui murmurer un secret qu'elle n'était pas encore prête à entendre.

Chapitre 6
Rebondissements

Vers 18 heures, Diane range soigneusement ses livres dans les valises, prenant soin de ne pas abîmer les couvertures. Elle éteint la guirlande électrique qui ornait son stand, plongeant l'espace dans une pénombre douce, uniquement éclairée par les lumières tamisées du marché de Noël. Il ne lui reste plus qu'à replier la nappe aux motifs festifs, ce qu'elle fait avec les gestes d'un automate.

Alors qu'elle s'apprête à partir, traînant derrière elle ses deux valises sur roulettes, une voix l'interpelle :

– Madame, vous avez oublié quelque chose sous la table !

Elle se retourne, surprise. L'exposant du stand d'en face la regarde en désignant du doigt un point sous sa table. Intriguée, elle se penche et découvre une plante tropicale dans un pot décoré d'un ruban rouge.

Diane reste figée un instant par la surprise, le cœur battant. Une vague d'émotion l'envahit, mélange de soulagement et de chaleur. Il n'était donc pas une invention de son esprit. Son mystérieux paysagiste était bien réel et ce geste prouvait qu'il avait pensé à elle avant de partir. Elle se retient de serrer la plante sur son cœur et en caresse doucement une feuille, observant les nervures délicates et le vert profond. Cette plante, si vivante, semble presque porter une part de lui, comme un souvenir tangible de leur rencontre.

Se redressant, elle décide d'interroger l'exposant du stand qui l'a avertie.

– Est-ce que vous avez vu le paysagiste partir avec ses plantes ?

L'homme hoche la tête, réfléchissant un instant avant de répondre :

– Oui, c'était après l'explosion du projecteur. Deux hommes se sont précipités vers lui. Ils ont débarrassé son stand en un rien de temps, ouvert la porte latérale de la salle et chargé les plantes dans une camionnette garée dans la cour. Tout s'est passé tellement vite que ça en était presque étrange.

Diane fronce les sourcils, son esprit s'emballant.

– Vous n'avez pas su pourquoi il était parti si précipitamment ? demande-t-elle encore, son regard scrutant l'exposant à la recherche du moindre indice.

L'homme secoue la tête, une expression d'excuse teintée d'impuissance sur le visage.

– Non, désolé. Avec tout ce chaos, on ne voulait pas quitter notre stand des yeux. L'explosion a semé la panique et on craignait qu'on nous vole nos pâtisseries. Vous savez comment ça peut être dans ces moments-là…

– Bien sûr, je comprends, murmure Diane, masquant mal sa déception.

Elle s'apprêtait à s'éloigner lorsque l'homme, comme frappé par un souvenir, la rappela d'un geste vif.

– Attendez ! Un détail me revient… Au moment où le paysagiste est parti, une femme est arrivée. Vous savez, celle avec les bijoux voyants. Ils avaient l'air de se connaître. J'ai pensé qu'elle lui avait prêté son emplacement pour une partie de la journée, puis, qu'elle le reprenait ensuite.

Diane fronce les sourcils, une lueur de perplexité dans le regard. La femme aux bijoux avait pourtant juré ne pas connaître le pépiniériste, elle avait même mis en doute son existence. Pourquoi aurait-elle menti ? Qu'avait-elle à cacher ? Si elle lui avait effectivement prêté son stand, pourquoi ne pas l'avoir dit ? Et s'ils avaient partagé le prix de l'emplacement, cela aurait été une explication raisonnable.

Elle remercie l'exposant d'un sourire distrait, mais son esprit s'agitait de plus belle. Quelque chose clochait.

Alors qu'elle s'éloignait, les pièces du puzzle tournaient dans sa tête. L'explosion du projecteur, les deux hommes surgissant de nulle part, le départ précipité du paysagiste, l'arrivée de la femme aux bijoux… Tout cela semblait trop bien synchronisé. Comme si une main invisible avait orchestré ce chaos pour dissimuler quelque chose. L'imagination de la romancière allait bon train.

Et si cette explosion n'était pas un simple accident ? Et si elle n'était qu'un écran de fumée destiné à détourner l'attention ?

Diane s'approche de la sortie, mais son esprit ne cesse de revenir sur les détails troublants de cet échange. L'homme, sa plante et cette disparition presque surnaturelle… À présent, elle ne doutait plus de sa réalité, il n'était pas une projection ni un fantôme issu d'un passé lointain.

Elle baisse les yeux vers la plante qu'elle tient entre ses mains. Ses feuilles d'un vert éclatant semblaient presque vibrer sous la lumière tamisée. Était-ce un simple échange ou bien un indice laissé intentionnellement ? Cette plante tropicale, avec son allure unique, semblait murmurer un secret. Et si elle contenait un message caché, une piste pour retrouver cet homme mystérieux qui, sans le vouloir, avait bouleversé son univers en quelques minutes ?

Une étincelle d'excitation naquit dans le regard de Diane. Peut-être que cette rencontre n'était pas fortuite et qu'elle n'était pas terminée.

Avant de quitter la salle, elle se dirige vers l'animatrice, une femme dynamique au sourire contagieux et la remercie chaleureusement.

– Merci pour votre énergie. Vous avez vraiment contribué à la réussite de cette journée, dit Diane avec sincérité.

L'animatrice répond avec un sourire modeste.

– Oh, c'est gentil. Mais vous savez, ce sont les participants comme vous qui font tout le charme de ces événements.

Après quelques échanges cordiaux, Diane aborde avec précaution le sujet qui la trouble.

– Vous savez, il y a eu cette explosion du projecteur, et… la disparition soudaine d'un stand de plantes tropicales…

L'animatrice fronce les sourcils, ses yeux s'assombrissant d'une curiosité teintée d'inquiétude.

– Un stand de plantes tropicales ? Je n'ai inscrit personne qui corresponde à cette description, répond-elle en croisant les bras, comme pour se protéger d'une vérité qu'elle ne souhaite pas livrer.

Diane sent son cœur s'accélérer, une montée d'adrénaline qu'elle peine à contrôler.

– Pourtant, il était bien là. L'homme est parti en me laissant cette plante, explique-t-elle, en désignant la plante posée à côté d'elle, ses feuilles étrangement luisantes comme si elles retenaient un éclat surnaturel.

L'animatrice éclate d'un rire léger, mais son regard se détourne un instant, trahissant une gêne mal dissimulée.

– Voyez dans votre entourage, peut-être que quelqu'un a voulu vous faire marcher, dit-elle avec une pointe de malice, mais sa voix sonne faux, comme si elle jouait un rôle.

Diane rougit légèrement, mais elle n'était pas prête à abandonner. Une intuition tenace la poussait à creuser plus loin.

– En tout cas, le scénario était parfait. Je n'y ai vu que du feu, insiste-t-elle. Nous avons bavardé jusqu'à l'explosion du projecteur, puis, je suis sortie prendre l'air, puis voir mon chien et, à mon retour, il n'y avait plus de plantes exotiques, mais un stand de bijoux.

L'animatrice hoche la tête, son expression changeant subtilement, comme si elle reliait des points dans un schéma qu'elle préférait garder pour elle.

– Un stand de bijoux ? Oui, ça me parle, mais je ne peux pas vous en dire plus, dit-elle d'un ton énigmatique.

Diane plisse les yeux, troublée. Une ombre de suspicion s'insinue dans son esprit. Elle a le sentiment que l'animatrice en sait plus qu'elle ne veut bien l'admettre.

– L'exposante en bijoux est arrivée un peu avant midi, peut-être que le paysagiste a profité de son absence momentanée pour occuper son emplacement ?

L'animatrice secoue la tête avec un sourire sceptique, mais une lueur de nervosité traverse son regard.

– Cela me paraît improbable. Mais pourquoi toutes ces questions ? ajoute-t-elle, une pointe d'agacement perçant dans sa voix.

Diane hésite, le poids de son incertitude alourdissant sa langue. Enfin, elle avoue :

– J'aurais voulu savoir son nom… pour le recontacter.

Un sourire désolé éclaire le visage de l'animatrice, mais ses yeux restent distants, presque froids.

– Dans ce cas, je ne peux rien pour vous, et je ne suis pas sûre qu'il souhaiterait voir divulguer son identité. Rentrez bien, et… ne pensez plus à lui.

La dernière phrase, prononcée avec une douceur presque menaçante, résonne dans l'esprit de Diane. « Ne pensez plus à lui », prouve qu'elle connaît l'existence de cet homme. Alors qu'elle quitte la salle, son esprit embrouillé par les détails troublants de cet échange, une question la hante. Était-il possible que l'animatrice mente ?

« Ne pensez plus à lui. »

Ces mots tournaient en boucle dans sa tête, comme une énigme laissée en suspens. Pourquoi cette insistance ? Était-ce un avertissement ? Ou une tentative de la détourner d'une vérité qu'elle ne devait pas découvrir ?

Elle ouvre la porte et le vent glacial s'engouffre dans les allées désertes, portant avec lui une aura de mystère. Diane pose ses valises sur le devant de la salle, la plante serrée contre sa poitrine comme un précieux trésor, le seul lien subsistant avec l'inconnu. C'est la plante qu'elle veut mettre à l'abri le plus vite possible dans sa voiture. Les livres attendraient. Le parfum des tiges semble s'intensifier, comme un rappel discret que cette histoire n'était pas terminée.

Elle rentre chez elle, l'esprit rempli de confusion par deux témoignages contradictoires, celui de l'exposant qui dit avoir vu l'inconnu partir avec ses plantes et celui de l'animatrice niant son existence, mais qui a dit « ne pensez plus à lui ». Elle retrouve son chien qui lui fait la fête, mais elle ne répond pas à ses élans d'affection, sa tête est ailleurs. Une chose est certaine c'est qu'elle n'a pas inventé le personnage qu'elle se promet de retrouver coûte que coûte.

Puis après avoir déchargé le coffre de la voiture, elle prend une légère collation et se couche de bonne heure afin de repasser dans son esprit les péripéties de cette journée. Ce qu'elle avait vécu ne pouvait pas être un simple hasard. Elle voulait découvrir la vérité, et pourquoi la vendeuse de bijoux et l'animatrice niaient l'existence de son inconnu...

Chapitre 7

Le cimetière

Elle est la seule à pouvoir résoudre cette énigme, car si elle se confiait à un ami, celui-ci se poserait inévitablement des questions. Pourquoi s'intéresse-t-elle à cet inconnu qu'elle n'a vu que quelques minutes ? Est-ce un simple caprice, une fascination passagère, ou quelque chose de plus profond ? Est-elle tombée sous le charme d'un regard ou d'un mystère ? Serait-ce un coup de foudre, aussi imprévisible qu'irrésistible ?

Elle serait bien embarrassée pour répondre, car elle-même ne sait pas pourquoi cette rencontre l'a troublée à ce point. Il n'y avait rien de sensuel dans leur échange, rien qui évoque les élans classiques de la passion. Non, c'était autre chose. Quelque chose de plus insaisissable, de plus intime, de très profond. Cette impression la hante, la pousse à chercher sans savoir ce qu'elle espère trouver. Peut-être ferait-elle mieux de ne plus y penser, de reprendre le cours de sa vie comme si rien ne s'était passé. Mais comment ignorer ce sentiment persistant, ce poids étrange qui semble suspendu au-dessus d'elle ?

Les jours suivants, son obsession est la même, retrouver cet inconnu. Cette idée l'accompagne dans tous les gestes du quotidien et l'obsède la nuit. Comment s'en débarrasser pour reprendre le cours d'une vie normale ?

Pourquoi ne pas accepter l'invitation de son frère en Bretagne pour les fêtes de fin d'année ? Une bouffée d'air marin, des paysages sauvages et des discussions légères l'aideraient à chasser ces pensées obsédantes. Ici, elle tourne en rond, incapable de se concentrer sur quoi que ce soit d'autre.

Mais avant de se décider, elle revient encore et encore sur les détails de leur conversation. Il l'avait abordée pour lui parler d'un cimetière à l'abandon, un lieu chargé d'une importance qu'elle ne comprend pas encore. Pourquoi ce lieu ? Pourquoi elle ? Et pourquoi cet homme semblait-il si sûr qu'elle devait s'y rendre ?

Curieuse d'en savoir plus sur ce site, elle effectue des recherches sur Google qui lui fournit un plan détaillé du cimetière, accompagné de quelques photos. Les images montrent un lieu envahi par la végétation, où la nature semble vouloir reprendre ses droits. Les commentaires des visiteurs ajoutent une touche d'étrangeté :

« Un lieu de recueillement paisible au cœur de la forêt, qui ne laisse pas insensible… »

« On dit qu'on y ressent une présence… comme si les pierres elles-mêmes murmuraient. »

« Un endroit oublié du temps, mais chargé d'histoires. »

Ces mots résonnent en elle. Serait-elle prête à s'y rendre ? Avant ou après son séjour en Bretagne ? La question tourne dans sa tête, mais une évidence s'impose peu à peu : elle ne pourra pas avancer tant qu'elle n'aura pas vu ce lieu de ses propres yeux.

Le vendredi suivant, un vendredi 13 pour lui porter chance, dans l'après-midi, elle décide de s'y rendre pour en finir avec son attirance pour ce cimetière à l'abandon. Les indications précises du GPS la guident depuis son domicile, à travers une route sinueuse, bordée de collines et de ravins qui descend vers le Tarn. À Lincou, elle traverse la rivière sur un pont majestueux et emprunte une route montant sur les hauteurs boisées. Au bout d'une vingtaine de kilomètres, elle arrive à proximité de la forêt indiquée. Elle abandonne sa voiture, sur un bas-côté boueux et s'engage sur un petit chemin qui serpente en montant entre les arbres.

Le ciel, lourd de nuages gris d'acier, semble peser sur les cimes et un vent glacé mord ses joues. Une fine pellicule de givre craque sous ses pas, amplifiant le silence pesant qui règne. Le trajet jusqu'au cimetière, bien que court, lui semble étrangement familier, comme si elle avait déjà foulé ce sol autrefois. Cette impression la trouble, ce n'est pas étonnant, car depuis quatre jours son esprit est nourri d'images des photos de l'inconnu et de celles trouvées sur Google, décrivant bien les lieux.

Enfin, sur sa droite, elle aperçoit les vestiges d'une vieille grille dévorée par la rouille, à moitié dissimulée par des ronces. Sous le ciel blafard, le site apparaît lugubre, presque irréel. Une vingtaine de tombes, éparpillées dans un désordre apparent, se dressent au milieu de la clairière, leurs pierres rongées par les intempéries, couvertes de mousse, dominées par des croix de fer rouillées. La nature a repris ses droits et les ronces ont fait de ce lieu leur domaine. Elle se demande ce qu'elle fait là, seule, dans le froid glacial après avoir répondu à un appel irrésistible. Elle hésite à faire quelques pas de plus, figée par le froid et une étrange appréhension qui n'est ni de bien-être ni de sérénité. Ses mains glacées peinent à sortir son téléphone pour prendre une photo.

D'un pas prudent, elle avance sur le tapis de feuilles mortes, leurs craquements étouffés semblant résonner dans le silence oppressant de la forêt. Les branches brisées qui jonchent le sol forment des pièges discrets qu'elle évite soigneusement. Quelques croix, tombées à l'horizontale, émergent parmi les ronces, vestiges d'un cimetière oublié. L'abandon du lieu pèse lourdement sur l'atmosphère. Une pensée furtive traverse son esprit, aussi glaciale que le vent mordant : pourquoi ces morts ont-ils été laissés à l'abandon ? Ont-ils succombé à une épidémie, condamnés à l'oubli par crainte de contagion ? Ou bien est-ce ce fameux « cimetière des fous » dont les anciens murmuraient le nom avec un mélange de crainte et de fascination ?

Son regard est attiré par une tache de verdure vive, incongrue parmi les branches mortes. Quelques plantes vertes aux feuilles familières émergent, défiant l'aridité du lieu. Elle s'approche, le cœur battant, et reconnaît les mêmes plantes que celle que l'inconnu lui a laissée. Ces plantes ne sont pas d'ici, leur présence est une énigme. Quelqu'un les a plantées, mais dans quel but ? Une hypothèse s'immisce dans son esprit : ces végétaux pourraient-ils être liés à une des âmes reposant ici ? Peut-être un explorateur, un soldat des campagnes orientales, qui les aurait ramenées comme un trésor exotique ?

Elle se souvient alors d'un arbre, un phillyrea media, planté dans un prieuré par un croisé revenu de Terre Sainte au XIIe siècle. En occitan, son nom avait évolué pour devenir « auder », puis « Oder ». Chaque pèlerin qui visitait le prieuré cueillait une brindille de cet arbre, qu'il conservait précieusement chez lui, comme un talisman. Cette mémoire ancestrale la frappe, comme si ces plantes exotiques tissaient un lien entre le passé et le présent, entre les vivants et les morts.

Alors qu'elle sort son appareil pour capturer ces étranges végétaux, un coup de vent violent surgit, faisant ployer les arbres autour d'elle dans un fracas sinistre. Le sifflement du vent, semblable à un chuchotement, semble murmurer des avertissements dans une langue oubliée. Elle frissonne, regrettant soudain d'avoir ignoré les mises en garde contre les promenades en forêt par mauvais temps.

Un malaise sourd s'installe, comme si les lieux eux-mêmes rejetaient sa présence. Ce cimetière, qui devait lui offrir un havre de paix intérieure, se révèle sinistre et elle n'y ressent que froideur et hostilité. Pourquoi l'inconnu du marché de Noël l'a-t-il envoyée dans ce cimetière ? Était-ce pour lui faire peur, pour éprouver son courage ? Pourtant, les commentaires de ceux qui étaient venus là ne louaient que les bienfaits d'un passage en ce lieu.

Le ciel s'assombrit davantage, menaçant d'éclater en une tempête de neige. Elle veut rebrousser chemin, mais ses jambes refusent de bouger, comme si une force invisible la retenait.

Alors qu'elle s'interroge, un bruit léger attire son attention. Elle se retourne brusquement, le cœur battant. Une sensation étrange, viscérale, lui noue l'estomac. Elle n'est pas seule.

Un homme se tient près d'un arbre, l'observant en silence. Est-ce lui ?

Chapitre 8

La chute

La silhouette élancée, presque immatérielle, s'éloigne sans bruit, pas un craquement, pas un souffle et glisse entre les tombes comme une ombre. Elle tente un appel :

– Eh ! Vous ! Pouvez-vous m'indiquer le chemin du retour ?

Aucune réponse. Le vent emporte sa voix, et la silhouette disparaît dans la pénombre. Était-ce une personne réelle ? Ou un fantôme ? Le doute l'envahit et la panique la submerge.

Diane tente désespérément de retrouver le sentier qui la ramènera à sa voiture. L'air froid s'engouffre dans les arbres, sifflant comme un avertissement. Elle court, les branches griffant ses bras et ses jambes, mais son pied bute soudain sur une racine noueuse. Elle s'effondre lourdement, son corps heurtant le sol humide avec un bruit sourd. Sa tête frappe une pierre tombale moussue, dissimulée parmi les feuilles mortes. Le choc est brutal. Tout devient noir.

Les nuages, poussés par un vent capricieux, s'écartent lentement, laissant les rayons d'un pâle soleil filtrer à travers les branches entrelacées. Une lumière douce et irréelle baigne le corps inerte de Diane, dessinant autour d'elle une aura presque surnaturelle. Soudain, le silence de la forêt est brisé par des aboiements lointains, bientôt suivis par le craquement de pas sur les feuilles mortes.

Une silhouette émerge entre les arbres. Un randonneur, vêtu d'une parka usée, avance prudemment, suivant sa chienne, une border collie, vive, qui s'est arrêtée net devant le corps immobile. Elle émet de petits jappements nerveux, tournant en rond autour de Diane.

– Tartine ! Reviens ici ! gronde l'homme, sa voix résonnant dans la quiétude inquiétante des bois.

Mais la chienne n'obéit pas. Elle reste figée, ses yeux fixant le visage blafard de la jeune femme.

Intrigué, l'homme s'approche. Lorsqu'il découvre le corps, son souffle se coupe. La pâleur mortelle de Diane et l'immobilité de son corps l'effraient. Il s'accroupit, les mains tremblantes et pose deux doigts sur son cou à la recherche d'un pouls. Une pulsation faible, mais régulière le rassure brièvement. Elle est vivante. Mais pour combien de temps ?

Il sort son téléphone, espérant appeler les secours, mais un message cruel s'affiche : Pas de réseau. Un frisson d'angoisse le traverse. Que faire ?

Laisser ce corps ici, à la merci du froid mordant, c'est la condamner. Mais la déplacer, c'est risquer de causer des blessures supplémentaires. Les recommandations des pompiers lui reviennent en mémoire : Ne jamais déplacer une personne blessée. Pourtant, il sait qu'il n'a pas le luxe d'attendre.

Sa conscience le tourmente. Il serre les dents et prend une décision. Il ne peut pas rester inactif. Avec précaution, il glisse ses bras sous le corps léger de Diane. Alors qu'il la soulève, un tintement métallique attire son attention. Une petite clé glisse des doigts crispés de la jeune femme et tombe sur le sol.

Il la ramasse, la tenant entre ses doigts, et murmure :

– Sa voiture... Ça doit être celle garée à l'entrée du chemin.

Avec une détermination renouvelée, il se met en marche, portant Diane comme un trésor fragile. Chaque pas qu'il fait résonne dans le silence oppressant de la forêt, et, avant de s'éloigner, il jette un dernier regard vers l'endroit précis où il l'a trouvée, comme pour graver dans sa mémoire ce moment crucial. La chienne, d'abord hésitante, maintenant rassurée par la décision de son maître, trottine à ses côtés.

Il atteint rapidement la voiture, le souffle court, et ouvre la portière arrière avec précaution. Délicatement, il dépose Diane sur la banquette, glissant un coussin sous sa tête pour amortir les secousses du trajet. Son cœur bat à tout rompre, mais il sait qu'il n'a pas de temps à perdre. La chienne, d'un bond agile, saute sur le siège passager, comme si elle comprenait l'urgence de la situation.

Sans hésiter, il démarre, le moteur rugissant dans l'air glacial. La route vers le bourg voisin lui semble interminable, chaque minute s'étirant comme une éternité. Il pousse l'accélérateur, ignorant les limitations de vitesse, prêt à prendre le risque de se faire arrêter. La vie de Diane repose entre ses mains, et chaque seconde compte.

Lorsque le parking de la maison médicale apparaît enfin, il freine brusquement, saute hors du véhicule et court vers l'accueil. La secrétaire, d'abord interloquée par son agitation, comprend vite en croisant son regard. Par chance, le médecin qu'il connaît bien vient de terminer une consultation et répond immédiatement à l'appel.

Des ordres précis sont donnés à l'infirmier de service et Diane est transportée dans le cabinet médical. Son visage est pâle, presque translucide et elle n'a toujours pas repris connaissance. Le médecin, concentré, examine la plaie. Heureusement, elle n'est pas profonde, mais son état nécessite des soins immédiats. Alors qu'il s'affaire, un murmure fragile s'élève.

– Où suis-je ? demande Diane, la voix tremblante, teintée d'angoisse.

Le médecin se penche vers elle, son ton rassurant.

– Ne vous inquiétez pas, vous êtes entre de bonnes mains. C'est moi, votre médecin traitant.

Diane cligne des yeux, encore confuse.

– Comment suis-je arrivée ici ?

– Vous avez eu beaucoup de chance, répond-il. Monsieur Régis vous a trouvée inanimée dans la forêt et vous a ramenée ici. Mais que diable faisiez-vous dans ce cimetière, par un temps pareil ?

Diane détourne les yeux, visiblement gênée.

– C'est une longue histoire, murmure-t-elle pour éviter d'en dire davantage. Mais où est mon sauveur ?

– Dans le couloir, il attend de vos nouvelles. Voulez-vous que je le fasse entrer ?

– Oui, bien sûr. Je dois le remercier.

Monsieur Régis entre timidement, ses mains encore tremblantes de l'épreuve qu'il vient de vivre.

– Ah, je suis rassuré de vous voir consciente, dit-il avec un sourire hésitant. Mais vous m'avez fait une belle peur ! Je me promenais avec ma chienne et, comme à mon habitude, je suis passé par le cimetière. Vous étiez allongée là, si pâle… Je n'ai pas réfléchi une seconde et je vous ai ramenée ici. Heureusement, votre clé de voiture m'a permis de conduire. Mais, si ce n'est pas indiscret, que faisiez-vous là-bas toute seule ? Ce n'est pas un endroit recommandé, surtout par ce temps.

Encouragée par la chaleur et la sincérité de cet homme, Diane prit une inspiration, comme pour puiser du courage.

Chapitre 9

Le récit de Diane

– C'est une histoire abracadabrante, commence-t-elle, mais je crois que vous méritez de la connaître…

Elle hésite un instant, cherchant les mots justes. Ses yeux, encore troublés par les récents événements, se perdent dans le vide avant de se poser sur Monsieur Régis.

– Je cherchais quelque chose, finit-elle par avouer, ou plutôt quelqu'un d'important. Pour moi.

Monsieur Régis fronce les sourcils, intrigué.

– Dans un cimetière, par un temps pareil ? Vous aviez un rendez-vous ? Vous réalisez les risques que vous avez pris ?

Elle hoche la tête, un mélange de regret et de détermination dans le regard.

– Oui, si on peut dire ainsi.

La curiosité de Régis est piquée à vif. Diane sent qu'elle n'a pas d'autre solution que de tout lui raconter depuis le début.

– Tout a commencé dimanche, lors du marché de Noël, explique-t-elle, sa voix légèrement tremblante.

Comme je suis romancière, j'avais prévu de tenir un stand pour exposer mes livres. Durant la matinée, j'ai sympathisé avec mon voisin qui vendait des plantes exotiques. Un paysagiste, m'a-t-il dit. Peut-être le connaissez-vous ?

Monsieur Régis plisse les yeux, réfléchissant.

– Pour l'instant, cela ne me dit rien.

– Il m'a confié qu'il s'était installé ici il y a deux ans. En regardant les couvertures de mes livres, l'une d'elles a attiré son attention. Il m'a dit : « Elle me fait penser à un cimetière abandonné, à une vingtaine de kilomètres d'ici. Vous y trouveriez l'inspiration pour un nouveau roman. »

Elle marque une pause, le regard voilé par le souvenir.

– J'étais intriguée, bien sûr et je me suis promis d'aller voir ce cimetière. Soudain, un incident m'a obligée à quitter la salle du marché pendant une vingtaine de minutes. Quand je suis revenue, il avait disparu, lui et toutes ses plantes. À sa place, il y avait un stand de bijoux.

Monsieur Régis hausse les sourcils.

– Disparu ? Sans laisser de trace ?

Diane acquiesce.

– Oui. J'étais profondément contrariée. Pas seulement parce qu'il était parti sans me dire au revoir, mais surtout parce qu'il ne m'avait laissé aucune coordonnée. Je ne connais même pas son nom.

Elle soupire, visiblement troublée par cet événement.

– J'ai posé des questions à ma voisine de stand et à l'organisatrice du marché. Mais elles se sont moquées de moi, insinuant que j'avais inventé ce personnage. Pourtant, au moment de plier mes affaires, j'ai découvert une plante exotique sous ma table. J'étais sûre qu'il me l'avait laissée en souvenir en partant et cela me fit chaud au cœur.

Monsieur Régis fronce les sourcils, intrigué, soucieux de connaître la suite.

– Voilà qui est étrange.

– Vous comprenez ? Je n'avais pas rêvé. Cet homme était bien réel.

Elle baisse les yeux, hésitant à révéler le reste.

– J'ai cherché des informations sur ce cimetière. Grâce à Internet, je l'ai trouvé et j'ai décidé de m'y rendre. Mais…

Elle marque une pause, son regard se perdant à nouveau.

– Il y avait quelque chose de troublant là-bas.

Monsieur Régis attend qu'elle poursuive, mais Diane reste silencieuse. Il se racle la gorge.

– Eh bien, en voilà une histoire, dit-il enfin. Vous n'êtes pas romancière pour rien.

Un silence s'installe, seulement troublé par le souffle régulier de la chienne, couchée près de la porte. Régis croise les bras, réfléchissant à ce qu'il venait d'entendre.

Puis, il plisse les yeux, comme si un souvenir venait de lui revenir.

– Mais à présent que vous le dites… je crois savoir qui est cet homme.

Diane se dresse sur le lit de consultation, une lueur d'espoir dans le regard.

– Vous savez qui il est ?

– Oui.

Elle se lève sur ses deux jambes, revenue à la vie suite à cette déclaration.

– Je connais son numéro de portable, voulez-vous que je l'appelle et qu'il vienne vois voir ?

– Vous feriez ça pour moi, dit-elle avec un sourire.

– Oui. Mais à une condition : que vous ne retourniez jamais seule là-bas. Ce genre d'endroit peut être dangereux…

Le médecin poursuit doucement en coupant leur conversation :

– Vous voilà sur pied à présent vous n'avez plus besoin de mes services, vous pouvez vous installer dans la salle d'attente pour terminer votre entretien, car j'ai d'autres patients à voir.

– Merci Docteur, dit Diane en se dirigeant vers la porte.

Monsieur Régis l'accompagne, deux patients attendent leur consultation.

– Asseyons-nous là, dit Diane, dans le coin le plus reculé nous ne dérangerons personne.

Chapitre 10
La déception

Diane sent son cœur s'accélérer. Elle regarde Monsieur Régis comme si son existence ne tenait qu'à lui après qu'il l'ait sauvée.

– Vous savez qui il est ? répète-t-elle, les mains crispées, le cœur rempli d'espoir.

Monsieur Régis, heureux de voir un sourire naître sur ses lèvres, hoche la tête avec assurance.

– Oui, je crois. Si c'est bien lui, il s'appelle Julien Morel. C'est un paysagiste qui s'est installé ici il y a deux ans. Il est connu pour son amour des plantes exotiques.

Le nom résonne dans l'esprit de Diane comme une note discordante. Elle fronce les sourcils.

– Julien Morel... Ce nom ne me dit rien.

Régis, convaincu de sa découverte, poursuit, joyeux.

– Je peux l'appeler tout de suite. Je suis certain qu'il pourra confirmer que c'était lui.

Sans attendre son approbation, il sort son téléphone et compose un numéro. Diane reste figée, partagée entre l'espoir et l'appréhension, que va-t-elle lui dire ? Quelques secondes plus tard, Régis, sûr de lui, reprend la parole.

– Julien ? C'est Régis. Écoute, j'ai une dame ici qui dit t'avoir rencontré au marché de Noël dimanche dernier. Tu tenais un stand de plantes, non ?

Une voix grave et rieuse répond à l'autre bout du fil. Régis hoche la tête plusieurs fois d'un air satisfait, puis tend le téléphone à Diane.

– Il veut vous parler.

Diane prend le téléphone, le cœur battant à tout rompre, pensant que le contact est ainsi rétabli.

– Bonjour… Julien ? dit-elle timidement.

– Oui, c'est moi, répond l'homme d'un ton chaleureux. Vous avez acheté une plante chez moi, c'est ça ?

Diane sent son estomac se nouer. La voix ne correspond pas du tout à celle qu'elle avait en tête.

- Non… enfin, pas exactement, répond-elle déçue. Vous teniez un stand près du mien au marché de Noël ? Vous m'avez parlé d'un cimetière abandonné après avoir vu la couverture d'un de mes romans ?

Un silence perplexe suit.

– Mon stand était près de la porte d'entrée de la salle et je vendais aussi des sapins de Noël, je ne me souviens pas avoir vu un étalage de livres.

– Vous m'aviez parlé d'un cimetière abandonné, souvenez-vous ?

– Un cimetière ? Non, vous devez faire erreur. Je n'ai pas quitté mon stand de toute la journée et je n'ai parlé à personne de cimetière. Vous vouliez que j'aille fleurir une tombe ? Il faut me donner son emplacement exact et me dire quel genre de fleurs, naturelles ou artificielles ?

Diane sent une vague de déception l'envahir. Elle a affaire à un commerçant, rien de plus. Ses yeux se mouillent, mais elle continue :

– Vous n'avez pas laissé une plante sous ma table ?

– Non, désolé, répond-il. Ce n'est pas moi. Mais peut-être m'a-t-on volé une plante à mon insu pour la déposer sous votre table, ce ne serait pas impossible, vous savez avec le va-et-vient de la foule on peut s'attendre à tout. Quel genre de plante ? Je verrai s'il m'en manque une…

Elle raccroche lentement, le visage fermé, complètement déçue par ces propos. Régis, inquiet, la scrute.

– Ce n'était pas lui ?

Diane secoue lentement la tête, son regard voilé par une ombre de perplexité.

– Non, ce n'était pas lui…

Un silence pesant s'installe, chargé de mystère et d'interrogations. Les pensées de Diane tourbillonnent, et, presque à voix basse, elle reprend la parole, comme si elle réfléchissait tout haut.

– Alors, qui était cet homme que j'ai rencontré au marché de Noël ? Pourquoi m'a-t-il menée jusqu'à ce cimetière ? Que voulait-il vraiment de moi ?

Elle se souvenait de son regard, de ses mots empreints de sincérité, de sa voix pénétrante, envoûtante ou du moins en avait-elle eu l'impression. Une étrange détermination s'empare d'elle, comme un feu intérieur qui refusait de s'éteindre. Elle sent que quelque chose ne colle pas, une pièce manque au puzzle et elle est bien décidée à découvrir laquelle.

Reprenant contenance, elle s'adresse à Monsieur Régis :

– Maintenant que je vais mieux, dites-moi où je dois vous reconduire.

– Oh, ne vous dérangez pas, répondit-il avec un sourire rassurant. Je vais appeler ma femme. Elle doit déjà se demander où je suis passé. Nous habitons une ferme à trois kilomètres du cimetière. Je fais cette promenade tous les jours, c'est bon pour mon cœur. Vous pouvez rentrer chez vous, ne vous inquiétez pas pour moi. Ma femme en profitera pour faire quelques courses en ville.

Après un dernier échange de remerciements, Diane reprend le volant. Mais malgré la conversation aimable et les explications de Monsieur Régis, une amère déception la ronge. Pourtant, elle refuse de baisser les bras. Le mystère sur cet homme pèse sur elle comme une énigme à résoudre, un défi lancé par un destin capricieux.

Une idée germe dans son esprit : les plantes. Ces étranges végétaux exotiques qu'elle a remarqués près d'une tombe. Quel lien pouvaient-ils avoir avec sa propre plante ?

De retour chez elle, elle passe le week-end à réfléchir. Elle verrouille soigneusement la porte de son jardin, met son téléphone en mode avion et se coupe du monde. Pas de distractions. Elle voulait toute son attention tournée vers ce mystère. Les plantes devenaient son fil rouge, un guide ténu, mais prometteur vers la vérité.

Elle prit une feuille de papier et nota méthodiquement ses idées :

– Effectuer des recherches en ligne pour identifier cette plante. D'où vient-elle ? Quel est son habitat naturel ?

– Retourner au cimetière par un jour ensoleillé. Examiner la tombe auprès de laquelle poussent ces plantes. Chercher des indices : une inscription, une date, un symbole oublié.

– Interroger les anciens du village. Qui était la personne enterrée là ? Quels secrets pouvait-elle emporter dans la tombe ?

Chaque piste, chaque détail, devenait un élément de sa quête. Diane savait qu'elle ne retrouverait la paix que lorsqu'elle aurait dissipé le voile d'ombre qui enveloppait cette histoire.

Alors qu'elle relisait ses notes, une pensée fugace traversa son esprit : et si cet homme mystérieux l'avait intentionnellement menée sur cette voie ? Était-ce une coïncidence ou une invitation ?

Le mystère restait entier, mais Diane sentait que les réponses étaient là, quelque part, à portée de main. Il ne lui restait plus qu'à les dénicher.

Chapitre 11
Recherches méthodiques

Lundi matin, Diane se lève avec un regain d'énergie. Le ciel est clair, lavé par les pluies des jours précédents et une lumière douce baigne le bourg, enveloppant les toits et les ruelles d'un éclat presque irréel. Inspirée par cette atmosphère paisible, elle décide de commencer la journée par une promenade à la périphérie du village. Elle ressent un besoin urgent de s'aérer l'esprit, de mettre son corps en mouvement pour chasser les pensées persistantes qui l'assaillent depuis des jours.

Les maisons des lotissements qu'elle traverse, alignées avec soin, sont toutes entourées de jardins soigneusement entretenus. Certaines façades sont ornées de guirlandes lumineuses qui scintillent faiblement sous les premiers rayons du soleil. Son passage éveille une symphonie canine : les chiens, cachés derrière des portails ou des haies, la saluent par des aboiements enthousiastes, heureux de voir une silhouette briser la monotonie de la rue.

Les jardins, cependant, portent la marque de l'hiver. Les pelouses sont ternes, les massifs de fleurs dépouillés et les arbres dénudés tendent leurs branches vers le ciel comme pour implorer un peu de chaleur. Diane marche d'un bon pas, emplissant ses poumons d'air frais. Le froid mord doucement ses joues, mais elle savoure cette sensation, comme un rappel de la vie qui circule en elle. Peu à peu, son esprit se vide, laissant place à un apaisement bienvenu.

Soudain, son regard est attiré par une note de couleur inattendue. Sur le mur bordant un jardin, un pot de fleurs semble défier la grisaille ambiante : une plante aux feuilles éclatantes de vert y trône fièrement. Intriguée, Diane ralentit et s'arrête, observant la scène avec attention. Elle plisse les yeux pour mieux discerner les détails, sans attirer l'attention des propriétaires, de peur qu'ils ne la prennent pour une curieuse ou, pire, une cambrioleuse en repérage.

Plus elle examine la plante, plus son étonnement grandit. Cette verdure luxuriante lui rappelle étrangement la plante qu'elle possède elle-même, mais dont elle ignore toujours l'origine exacte. Une idée germe dans son esprit : peut-être que le ou la propriétaire pourrait lui fournir des informations précieuses. Qui sait ? Cela pourrait même la conduire sur la piste de l'homme qu'elle cherche, peut-être est-ce lui qui l'a vendue ?

Elle hésite un instant, indécise. Mais sa curiosité, mêlée à une pointe d'espoir, finit par l'emporter. Elle pousse le portillon grinçant, dont le son résonne comme une invitation dans le silence du matin et s'avance vers la porte. Une légère appréhension monte en elle alors qu'elle frappe doucement.

La porte s'ouvre sur une vieille dame au visage éclairé d'un sourire chaleureux. Ses yeux pétillent d'une curiosité bienveillante, comme si la visite inattendue de Diane venait illuminer sa journée.

– Bonjour, excusez-moi de vous déranger, commence Diane avec un sourire sincère. Je m'appelle Diane, et je n'ai pas pu m'empêcher de remarquer cette magnifique plante dans votre jardin. Elle ressemble beaucoup à une que je possède. Pourriez-vous me dire d'où elle vient ?

La vieille dame, visiblement ravie de cette question, esquisse un geste d'invitation pour l'inciter à entrer malgré l'heure matinale.

– Mais je vous connais, vous êtes la romancière, j'emprunte souvent vos livres à la médiathèque.

– Ah ! Bon, répond Diane surprise et vous les trouvez intéressants ?

– Je passe un merveilleux moment à les lire. Ils sont écrits en gros caractères, le style est limpide, il n'y a pas trop de personnages pour m'embrouiller et vous avez le chic de trouver des énigmes et des situations inédites. Quand j'en commence un, je suis incapable de le lâcher pour en découvrir la fin. Quelle imagination ! Où allez-vous trouver tout ça ? Oh, ma chère ! Entrez donc, nous allons en parler autour d'une tasse de thé. Vous savez, cette plante a une histoire bien particulière...

– Je n'ai pas trop le temps, s'excuse Diane ennuyée de voir sa déception, mais, me direz-vous d'où elle vient ? Où l'avez-vous achetée ?

– Mon défunt mari me l'a rapportée de l'étranger il y a bien des années, d'Indochine, si ma mémoire est bonne. Il était dans l'armée, toujours en déplacement, un vrai globe-trotteur. À chaque retour, il me ramenait des graines ou des boutures de ses voyages autour du monde. Mais celle-ci… celle-ci a une histoire particulière.

Intriguée par l'éclat dans les yeux de la vieille dame, Diane l'encourage doucement :

– Une histoire particulière ? Racontez-moi…

La vieille dame esquisse un sourire, son regard se perdant un instant dans le vide, comme pour puiser dans ses souvenirs.

– Oui, il m'a raconté qu'en Asie, cette plante était liée à une vieille légende. On dit qu'elle pousse sur des lieux chargés de secrets. Des secrets qui, un jour ou l'autre, doivent être révélés. Elle attire, paraît-il, les âmes curieuses, celles qui ont le courage de creuser et de découvrir ce qui a été enfoui.

– Et chez vous ? demande Diane malicieusement, ses yeux pétillant d'intérêt. Avez-vous découvert quelque chose ? Un trésor, peut-être ?

La vieille dame éclate d'un rire cristallin, secouant doucement la tête.

– Oh, à mon âge, ma chère, je ne cherche plus rien ! Si un trésor était caché ici, croyez-moi, je l'aurais trouvé depuis longtemps.

Un silence complice s'installe et Diane masque une légère déception, elle aurait aimé connaître le nom du vendeur, mais ce qu'elle vient d'entendre alimente ses réflexions. Elle remercie chaleureusement la vieille dame, qui la raccompagne jusqu'au portail avec un air de regret, comme si elle aurait aimé prolonger la conversation.

Le hasard, une fois de plus, avait guidé Diane vers cette maison et ce jardin si singuliers. Quelle rencontre inespérée ! Elle qui croyait sa plante unique en avait découvert une autre ici et même au cimetière. Ces coïncidences ne pouvaient pas être anodines.

Tandis qu'elle reprend la route, son esprit s'enflamme. Cette mystérieuse plante… et l'homme du marché ? Était-ce un simple cadeau, ou un message codé ? Voulait-il lui faire comprendre qu'il avait un secret à partager, mais qu'il ne pouvait pas le lui confier directement ?

« Un secret sur sa tante, peut-être ? » songe-t-elle. Ou bien un secret de famille, quelque chose d'enfoui depuis des générations ? Une autre idée la traverse, plus troublante encore : et s'il voulait lui avouer qu'il était lié, d'une façon qu'elle n'avait pas encore comprise, à la vendeuse de bijoux ?

Son esprit s'emballe, les questions tourbillonnent dans sa tête comme des feuilles emportées par le vent. Était-il possible que cet homme soit lié sentimentalement à cette femme, sa maîtresse peut-être ? Il lui avait cédé sa place au marché de Noël, pourquoi ce geste ? Pourquoi lui avait-il laissé une plante sous sa table, avait-il peur que la vendeuse de bijoux se rende compte qu'il lui laissait un souvenir de lui ?

Diane sent son cœur battre plus fort. La plante semblait être bien plus qu'une curiosité botanique. Elle était une clé. Une clé vers un mystère qu'elle était désormais résolue à élucider.

Rentrée chez elle, elle passe à la première phase de son plan et cherche des informations en ligne sur cette plante. Après des heures de recherches, elle trouve enfin une piste : la plante semblait originaire d'une région reculée d'Asie du Sud. Elle portait un nom énigmatique, Lacrima Vitae, la larme de vie. Les articles qu'elle parcourt, évoquent des rituels anciens où cette plante jouait un rôle central, utilisée pour marquer des lieux sacrés ou des secrets enterrés.

Munie de ces précieux renseignements, l'idée de retourner au cimetière s'impose à elle, comme une évidence dictée par une force invisible. Cette fois, il n'y a pas une minute à perdre et le lendemain, mardi en début d'après-midi, profitant des rayons obliques et aveuglants d'un soleil hivernal, elle se met en route. L'expérience troublante du vendredi passé ne l'a pas découragée, bien au contraire : une curiosité irrépressible la pousse à poursuivre. Cette fois, elle emmène son chien, une présence rassurante face à l'inconnu.

Elle gare sa voiture au même endroit que la dernière fois et emprunte le petit chemin bordé de haies sauvages qui serpente jusqu'au cimetière. Sous la lumière vive du jour, le lieu semble métamorphosé. Les ombres inquiétantes ont laissé place à une clarté presque mystique et l'atmosphère, bien que toujours empreinte de solennité, dégage une sérénité apaisante. Elle s'arrête un instant, ferme les yeux et inspire profondément. Le silence environnant est si dense qu'il en devient presque obsédant. Une sensation d'élévation la traverse, comme si elle flottait hors du temps.

Un jappement plaintif de son chien brise cet instant suspendu, la ramenant brusquement à la réalité. Même l'animal semble étrangement captivé, ses oreilles dressées et son regard fixé sur un point invisible. Était-ce un lieu de convergence énergétique, un passage vers une autre dimension ? L'imagination fertile de la romancière s'emballe, effleurant des hypothèses improbables, mais fascinantes.

Elle reprend sa marche et atteint la tombe qu'elle avait repérée la semaine précédente. Les plantes intriguent Diane. Originaires d'Asie, elles prospèrent dans l'ombre humide et une trouée dans la voûte des arbres leur offre l'été une lumière filtrée. Ces végétaux ne prospèrent qu'autour de cette tombe comme s'ils étaient nourris par un secret enfoui. Ils s'épanouissent avec une vigueur presque insolente, comme s'ils défiaient les lois naturelles du climat local. Diane s'agenouille devant la pierre tombale, ses doigts glissant sur la mousse épaisse qui en masque les inscriptions.

Elle retient son souffle, a-t-elle le droit de toucher à ces vestiges du passé ? Elle regarde autour d'elle pour voir si elle est bien seule. Rassurée, avec précaution, elle dégage une partie de la surface, révélant une date à demi effacée : 18... Les lettres du nom, rongées par le temps, commencent par S, E, N... C'est un début. Elle sort son calepin et note soigneusement ces indices, consciente de leur potentiel pour des recherches futures.

Armée de son « Laguiole », elle gratte avec détermination la mousse qui recouvre la pierre, jetant des coups d'œil réguliers vers son chien, qui veille comme un gardien silencieux. Après de longs efforts, elle distingue enfin des motifs gravés, à peine visibles. Un cercle, des lignes... un arbre. Un arbre de vie ! L'image, bien que partiellement effacée, lui semble porteuse d'un message ancien et essentiel.

Le souffle court, elle recule, le regard fixé sur la pierre. Une révélation s'impose à elle : le médaillon de l'homme mystérieux, la plante qu'il lui a donnée, l'arbre de vie sur la tombe... Tout converge ici. Il avait anticipé sa perspicacité, certain qu'elle trouverait le chemin jusqu'à cette découverte. Une vague de reconnaissance et d'émerveillement l'envahit.

Elle s'empresse de photographier les gravures sous différents angles, ses mains tremblent légèrement.

Soudain, un craquement de branches retentit derrière elle. Elle se retourne vivement, le cœur battant à tout rompre. Une silhouette sombre se tient à quelques mètres, enveloppée dans une cape dont le capuchon dissimule en partie le visage.

– Vous ne devriez pas être ici seule, murmure une voix grave, presque hypnotique.

Le timbre, profond et vibrant, semble traverser l'air glacé, faisant bondir le cœur de Diane. Une étrange familiarité la saisit, comme si cette voix faisait écho à un souvenir enfoui. Était-ce l'homme du marché de Noël, celui dont la silhouette lui avait paru si énigmatique ? Ou bien un autre, attiré ici par les mêmes mystères insondables ?

Diane reste immobile, pétrifiée, ses yeux rivés sur la silhouette qui émerge lentement de l'ombre. L'homme paraît plus grand, plus mince, presque irréel, comme une figure dessinée par la lumière vacillante d'un pâle soleil. Le chien, habituellement méfiant, grogne faiblement mais reste en retrait, ses oreilles dressées, comme s'il hésitait à s'opposer à cet inconnu.

Il avance d'un pas et une fraction de son visage se dévoile. Pourtant, l'ombre joue encore avec ses traits, ne laissant transparaître qu'une lueur étrange dans ses yeux : un éclat qui oscille entre intensité et une curiosité insondable, presque surnaturelle.

– Pourquoi êtes-vous ici ? demande Diane, sa voix trahissant un mélange de défi et d'appréhension. Est-ce la tombe d'un de vos ancêtres ?

L'homme incline légèrement la tête, un geste lent, presque calculé, comme s'il pesait chaque mot avant de répondre.

– Il s'agit d'un frère.

Un frisson glacé traverse Diane. Comment cet homme pouvait-il prétendre que son frère reposait sous cette dalle, alors que l'épitaphe indique une date du XIXe siècle ? Se moque-t-il d'elle ? A-t-il mal compris sa question ?

– Qui êtes-vous ? insiste-t-elle, cette fois avec une pointe de fermeté dans la voix, cherchant à dissimuler son trouble.

Un sourire énigmatique effleure les lèvres de l'homme, mais il reste silencieux. Au lieu de répondre, il lève lentement la main et désigne la pierre tombale, ou plus précisément l'arbre gravé sur sa surface.

– Vous connaissez ce symbole, n'est-ce pas ?

Diane recule d'un pas, décontenancée. Comment pouvait-il deviner ce qu'elle pensait à l'instant ?

– Et vous, qu'en savez-vous ? rétorque-t-elle, tentant de reprendre le contrôle de la conversation.

L'homme recule à son tour, son mouvement fluide, presque spectral, comme une invitation silencieuse à le suivre.

– Ce n'est pas ici que vous trouverez vos réponses, mais ailleurs.

– Où ? Dites-moi où ! s'exclame Diane, la voix tremblante d'une fébrilité qu'elle ne maîtrise plus.

– Vous le saurez bientôt, murmure-t-il, son ton empreint d'une gravité solennelle. Rentrez chez vous et préparez-vous à être forte face à la réalité.

Un frisson parcourt l'échine de Diane. Ces paroles résonnent en elle comme une mise en garde prophétique. Qui est cet homme ? Que sait-il qu'elle ignore encore ? Drapé dans une longue cape qui semble absorber la lumière, il s'éloigne lentement, disparaissant dans l'obscurité comme un mirage.

Le chien, assis à ses pieds, le regarde partir sans montrer la moindre agressivité, comme s'il percevait une absence de menace. Mais Diane est troublée. Ce départ silencieux la laisse avec plus de questions que de réponses.

Un ronflement de moteur, lointain, mais distinct, brise le silence de la nuit. Elle devine que l'homme a quitté les lieux, mais son esprit tourbillonne. Était-ce lui qu'elle avait pris pour un fantôme vendredi dernier ? Pourquoi est-il revenu ? Que cherche-t-il réellement ?

Soudain, une idée surgit dans son esprit : et si cet homme surveillait les plantes exotiques pour éviter qu'on ne les dérobe ? Leur rareté pourrait en faire des trésors botaniques d'une valeur inestimable. Peut-être la soupçonne-t-il, elle, de vouloir les voler. Serait-il un gardien du cimetière, un protecteur des lieux ?

Diane s'agenouille à nouveau devant la tombe, ses pensées en ébullition. Les indices – l'arbre de vie, les lettres gravées, les plantes exotiques – commencent à s'assembler dans son esprit, mais le puzzle reste incomplet.

Elle sort son calepin et relit ses notes. Ses doigts glissent à nouveau sur les gravures usées de la pierre, s'attardant sur l'arbre gravé. Une question la hante : pourquoi cet homme a-t-il parlé d'un frère ? Était-ce une métaphore ? Une vérité qu'elle ne pouvait encore saisir ?

Le jour décline autour d'elle, enveloppant le cimetière dans un voile de mystère. Diane sait qu'elle ne pourra pas dormir tant que ces énigmes resteront sans réponse.

Chapitre 12
Des éléments nouveaux

De retour chez elle, en fin d'après-midi, elle se prépare un bon café et s'enferme dans son bureau pour réfléchir à la nouvelle situation. Elle fait des recherches sur Internet sur les explorateurs oubliés qui se seraient penchés sur les plantes rares. Elle trouve la trace d'un moine botaniste du XIXe siècle, un certain frère Séraphin, qui aurait voyagé jusqu'en Asie pour rapporter des spécimens inconnus en Europe et jusqu'en Occitanie. Mais son retour avait été marqué par un drame : il avait contracté une maladie terrible, la lèpre, qui l'avait contraint à vivre en isolement jusqu'à sa mort.

Le souffle court, Diane compare les lettres qu'elle a déchiffrées – S, E, N – avec le nom du moine. Était-ce lui ? Les deux premières lettres correspondaient. Cette tombe, perdue au milieu de nulle part, pourrait être la sienne, un lieu de repos anonyme pour un homme rejeté par la société de son temps. Il aurait ramené les plantes luxuriantes qui poussent près de sa tombe. Leur présence prend soudain un autre sens : elles sont l'héritage vivant du moine, des témoins silencieux de son savoir et de son voyage.

Diane entame un dialogue intérieur : « Ce moine… il a sacrifié sa vie pour ses découvertes, pour ramener cette plante ici. Mais sa maladie l'a condamné à l'isolement. Il a vécu et il est mort seul, rejeté par les siens, malgré tout ce qu'il avait accompli. Que les hommes sont ingrats ! »

Mais une question la hante : pourquoi ce symbole de l'arbre de vie, gravé sur sa tombe ? Était-ce un message, une prière, ou une clé pour quelque chose de plus grand ?

Diane ne lâcherait pas cette affaire tant qu'elle n'aurait pas atteint le dénouement. L'énigme l'obsédait, et déjà, un nouveau roman prenait racine en elle, bousculant son emploi du temps. Elle envoya un message à son frère pour lui annoncer qu'elle renonçait au voyage prévu en Bretagne. Elle lui proposa, à la place, de venir passer les fêtes de Noël chez elle, accompagné de sa nouvelle compagne.

Il ne tarda pas à répondre avec enthousiasme :

– En effet, c'est une excellente idée. Ma compagne ne connaît pas l'Occitanie, et elle sera ravie de découvrir la région. Nous viendrons en voiture pour éviter les désagréments des transports aériens.

– Oui, tu as raison, répondit Diane, un sourire en coin.

Elle se souvenait trop bien de ses trajets mouvementés entre Toulouse et Brest : des vols annulés à la dernière minute, des nuits improvisées dans des hôtels bondés, des dépenses imprévues pour des taxis interminables. Et comment oublier cet épisode où la tour de contrôle de l'aéroport de Brest avait été frappée par la foudre, paralysant tout le trafic ? Que de mésaventures !

Ils avaient convenu d'arriver le vendredi 20.

Le mercredi matin, alors qu'elle se rendait à la boulangerie, un petit attroupement de ménagères capta son attention. Parmi elles, la vieille dame qui lui avait donné des informations sur la mystérieuse plante. Dès qu'elle aperçoit Diane, elle s'avance d'un pas pressé, le visage marqué d'une vive inquiétude.

– Bonjour, dit Diane en s'arrêtant. Que se passe-t-il ? Est-il arrivé quelque chose de grave ?

– Il faut que je vous raconte… Après votre visite, j'ai parlé de cette plante à quelques personnes de mon entourage. J'ai vanté ses qualités et expliqué qu'elle pouvait aider à percer des secrets. Eh bien, figurez-vous qu'elle a disparu ! Ce matin, elle n'était plus à sa place habituelle. On me l'a volée !

Diane reste bouche bée. Une vague d'inquiétude l'envahit. « Pourvu qu'elle ne pense pas que je suis la coupable », songe-t-elle.

– Vous faites bien de me prévenir, répond-elle prudemment. Je vais redoubler de vigilance avec la mienne. J'espère que vous la retrouverez rapidement.

– Vous n'avez pas une petite idée de qui aurait pu faire ça ?

– Peut-être quelqu'un à qui vous avez parlé de son secret ? suggère Diane. Cela pourrait être une piste.

– Je vais appeler les gendarmes, finit par déclarer la vieille dame avec un soupir. J'y tenais beaucoup, vous savez.

Elle retourne vers son petit groupe, laissant Diane troublée.

Et si la plante trouvée sous sa table au marché de Noël n'était qu'un hasard ? Un objet abandonné par un voleur pris de panique ? Et si elle ne venait pas de son voisin de stand, comme elle l'avait cru ?

Diane sent un doute s'insinuer en elle. Avait-elle construit un récit autour d'un simple concours de circonstances ? S'était-elle laissée emporter par son imagination débordante, au point de romancer toute cette histoire et de croire à un cadeau de son mystérieux voisin de stand ? Qui d'autre pouvait s'intéresser à cette plante,

De retour chez elle, elle s'installe à son bureau, le regard perdu. Tout semblait à recommencer.

Elle repasse mentalement les faits : un mystérieux paysagiste, assis près de son stand, arborant un médaillon en forme d'arbre de vie lui a parlé d'un cimetière abandonné avant de disparaître sans laisser de trace. Puis, cette plante trouvée sous sa table lors du rangement… Elle avait cru qu'il s'agissait d'un cadeau, une sorte de message codé. Mais si elle s'était trompée ? S'il l'avait tout simplement oubliée ? Si la plante avait été volée sur le stand de Julien, comme il l'avait laissé entendre au téléphone ?

Le doute s'amplifie. Son voisin de stand n'avait peut-être rien laissé intentionnellement. Il était simplement parti, emportant avec lui l'aura de mystère qu'elle avait, sans le vouloir, amplifiée. Diane soupire profondément.

Pourquoi a-t-elle imaginé ce roman autour de cette plante ? Était-ce son besoin insatiable de donner un sens aux événements, d'ajouter une touche de merveilleux au quotidien ?

Elle relève la tête, le regard déterminé. « Peut-être que cette plante n'est qu'un prétexte », pense-t-elle. « Mais il y a quelque chose, là-dessous. Et je ne m'arrêterai pas tant que je n'aurai pas trouvé la vérité. »

Chapitre 13
Fermeture du cimetière

La lumière pâle de l'aube glissait entre les croix de pierre, projetant des ombres longues et tremblantes sur le sol couvert de mousse. L'air était chargé d'humidité, et un silence presque sacré enveloppait les lieux. Diane, poussée par une intuition qu'elle ne s'expliquait pas, avait quitté la maison tôt ce jeudi matin. Elle avait laissé son chien comme pour éviter l'intrusion d'un voleur de plante chez elle. Elle voulait retrouver l'inconnu et s'assurer qu'il venait pour surveiller les végétaux. Elle devait résoudre l'énigme avant l'arrivée de son frère et de sa compagne.

Ses pas résonnaient doucement en évitant les débris de branches. Le chemin lui était familier à présent. Elle franchit la grille qui lui paraît encore plus branlante que les fois précédentes comme si quelqu'un avait tenté de repousser le battant resté valide. Elle se demande si l'inconnu sera déjà à son poste à cette heure matinale.

Non loin des tombes, elle s'immobilise soudain en entendant un bruit inhabituel : un froissement rapide, suivi d'un craquement. Son regard scrute les tombes et là, près de celle du moine, une silhouette sombre s'agite.

Accroupi, le dos rond, un homme fouille la terre à mains nues, arrachant des plantes avec une précipitation qui trahit son intention. Sa lampe frontale projette un cercle de lumière tremblant sur les plantes qu'il déterre.

Diane sent son cœur s'accélérer. Que fait là cet homme ? Puis, inspirant profondément pour maîtriser sa peur, elle avance de quelques pas.

– Qui êtes-vous ? lance-t-elle, sa voix ferme malgré le tremblement qui lui serre la gorge.

L'homme sursaute violemment, son visage masqué par une capuche. Il tourne brièvement la tête vers elle, mais ne répond pas. Au lieu de cela, il saisit une plante qu'il vient d'arracher, l'enfonce dans son sac à dos, puis se redresse d'un bond.

– Attendez ! crie Diane.

Le jeune homme, pris de panique, recule d'un pas, mais avant qu'il ne puisse s'enfuir, une autre silhouette surgit des ombres : le mystérieux inconnu. Sa grande silhouette se détache nettement dans la lumière grise du matin et son regard sombre est fixé sur le voleur.

– Lâchez ça ! ordonne-t-il d'une voix grave et il s'approche pour lui arracher son sac.

Le voleur hésite une fraction de seconde, mais, voyant qu'il est encerclé, il repousse l'inconnu d'un coup d'épaule, manquant de le faire tomber et s'élance d'un bond vers la sortie du cimetière. Diane tente de le suivre, mais ses jambes tremblent, elle le voit disparaître rapidement dans les buissons bordant les lieux.

C'est un homme jeune, constate-t-elle, plutôt un adolescent.

Essoufflé, l'inconnu se redresse, une main posée sur son flanc, l'autre tenant le sac.

– Vous allez bien ? demande Diane, sa voix tremblante.

Il hoche la tête, mais son expression est sombre.

– En voilà une de sauvée, dit-il, mais vous n'auriez pas dû venir seule, le ton empreint d'un reproche doux, comme s'il avait la mission de veiller sur elle.

Diane baisse les yeux vers la tombe du moine. La terre est retournée, les plantes sont piétinées.

– Pourquoi cette plante éveille-t-elle autant d'intérêt ? murmure-t-elle, les yeux rivés sur les plantes abîmées.

L'inconnu hésite, comme s'il pesait le poids de ses mots.

– Ce n'est pas juste une plante, finit-il par dire. Elle renferme un secret que certains seraient prêts à tout pour obtenir.

Ce sont les paroles de la vieille dame, pense Diane.

L'homme poursuit :

– Ceux qui possèdent une telle plante sont chanceux. Je ne peux vous en dire plus, rentrez vite chez vous avant d'être importunée par les questions des gendarmes qui ne manqueront pas d'être informés sur cet incident.

L'inconnu pose sur elle un regard long et indéchiffrable, comme s'il voulait lui dire quelque chose de plus, mais il se retient.

– Alors soyez prudente, finit-il par dire. Ceux qui convoitent cette plante ne reculeront devant rien.

Elle pensa « comment sait-il que j'en possède une ? Est-ce qu'il lit dans mes pensées ? »

Le lendemain, la nouvelle de l'incident fait grand bruit dans le village. On parle d'un « vandale », d'un « sacrilège ». La mairie, inquiète et désireuse de ne pas faire de vagues, annonce la fermeture immédiate du cimetière. Une équipe d'ouvriers arrive dès l'après-midi pour installer une clôture autour du site. Des panneaux « Accès interdit », « Cueillette interdite » sont cloués sur le portail branlant et des chaînes sont ajoutées pour renforcer la sécurité. Le chemin de randonnée est interdit avant de trouver une déviation pour les randonneurs.

Cet après-midi-là, les gens impuissants, observaient les travaux depuis la route. Le bruit des marteaux résonnait dans l'air, donnant l'impression qu'on scellait quelque chose de précieux à jamais.

– Ils enterrent le passé, murmura l'un d'eux, la voix chargée de tristesse.

– Peut-être est-ce mieux ainsi, répondit un autre.

– Pourquoi voulait-il voler des plantes ?

– Pour les revendre au moment des fêtes, ce sont des plantes rares. Le jeune voulait se faire un peu d'argent.

– Il ne savait pas qu'elles étaient protégées.

En apprenant la décision de la Mairie, Diane s'interroge : « Si je ne peux plus me rendre au cimetière, comment retrouver mon mystérieux interlocuteur ? Peut-être ne se rendra-t-il plus sur le site sachant qu'il est protégé. Il doit être soulagé. »

Elle ne parvenait pas à chasser l'image de ce jeune homme s'enfuyant dans l'ombre du cimetière. Elle avait reconnu une nervosité mêlée de panique dans son regard, comme s'il craignait davantage qu'une simple réprimande.

Ensuite elle réfléchit et se dit « est-ce une plante volée que j'ai chez moi ? Pourquoi l'homme a-t-il dit « ceux qui en possèdent une sont chanceux ». Qu'a-t-il voulu dire ? Est-ce qu'on m'aurait donné cette plante pour me porter chance ?

Elle examine le pot de fleur qu'elle retourne dans tous les sens pour obtenir un indice. En le soulevant pour regarder dessous, elle découvre un autocollant représentant un arbre de vie. « Encore l'arbre de vie ! » s'exclame-telle.

Entre la plante magique et le symbole de l'arbre de vie, elle ne sait plus où tourner ses recherches.

Chapitre 14
Du nouveau sur la plante

Peu de temps après la fermeture du cimetière, l'affaire fut élucidée, apportant enfin le calme et la sérénité à la population locale. Un article de presse exposa ce qu'il s'était passé dans le moindre détail.

À la surprise générale, le voleur n'était pas un simple pilleur de tombes, mais un étudiant en biologie prénommé Christian. Ce dernier n'était autre qu'un camarade de Rémi, le petit-fils de Madame Siopas que Diane avait consultée au sujet de la mystérieuse plante. Ce matin-là, Rémi qui passait ses vacances chez sa grand-mère et curieux par nature, avait surpris quelques bribes de conversation entre sa grand-mère et Diane et il avait décidé d'épater ses copains.

Intrigué par l'intérêt soudain de Diane pour une plante qu'il avait toujours considérée comme banale, le mardi soir, alors qu'il se trouvait dans le bar du centre avec ses camarades, l'alcool délia sa langue et il ne put s'empêcher de se vanter :

– Ma grand-mère possède une plante aux pouvoirs magiques, affirma-t-il d'un ton mystérieux, espérant impressionner l'assemblée.

– Tu te fous de nous ! rétorqua l'un des jeunes, sceptique.

Rémi, piqué au vif, quitta la table quelques instants. Lorsqu'il revint, il tenait dans ses mains un pot contenant ladite plante, qu'il avait subtilisée dans le jardin de sa grand-mère. Les regards se figèrent.

– Fascinant ! s'exclama Christian en examinant la plante, mais je crois que j'en ai vu des semblables lors d'une randonnée.

– Pas possible ! Elle est unique !

– Où l'as-tu vue ? Dis-le-nous ! demanda un autre, les yeux brillants d'excitation.

Christian expliqua qu'au cours d'une randonnée, il en avait aperçu dans un vieux cimetière abandonné, près d'un village voisin, niché au cœur d'une colline à une vingtaine de kilomètres. Elle ressemblait étrangement à celle-ci. Faisant des études de biologie, il l'avait remarquée au passage. Ce fut suffisant pour enflammer l'imagination du groupe. Mais Rémi, soupçonneux, rétorqua :

– Tu en es sûr ?

– Absolument certain, je les ai vues près d'une tombe.

– Alors, qui aura assez de cran pour en rapporter une avant jeudi midi ? lança, Rémi, décontenancé, croyant avoir un spécimen unique.

Le silence tomba sur le groupe. Personne ne semblait prêt à relever le gant, jusqu'à ce qu'un autre pose la question qui brûlait toutes les lèvres :

– Mais qu'a-t-elle de si spécial, cette plante ?

Rémi, fier de tenir son auditoire en haleine, répondit avec un sourire énigmatique :

– On dit qu'elle prolonge la vie. Regardez ma grand-mère : elle a presque cent ans et elle est en pleine forme !

Un murmure incrédule parcourut l'assemblée. Quelqu'un osa demander :

– Et comment elle l'a eue, ta grand-mère ?

– Mon grand-père l'a rapportée du Vietnam. Là-bas, on l'appelle la « larme de vie ». C'est une plante légendaire, entourée de rituels et de mystères.

Cette révélation acheva de titiller les curieux. Christian, avide de prouver son courage et d'obtenir un spécimen rare pour ses études, finit par accepter le défi. Cependant, le jeudi matin, lorsqu'il pénétra dans le cimetière, armé d'une lampe frontale et d'un sac, il fut surpris en pleine action par Diane. Pris de panique, il s'enfuit, laissant derrière lui une scène chaotique et une Diane médusée.

Le vendredi, conscient des proportions inquiétantes que prenait cette affaire, Christian, rongé par la culpabilité, décida de se rendre à la mairie pour avouer son acte et expliquer ses motivations.

– Monsieur le maire, je suis étudiant en 3ème année de biologie, expliqua-t-il d'une voix tremblante. J'ai voulu relever le défi stupide lancé par mon copain et rapporter cette plante rare à l'université pour mes recherches. Je pensais que cela impressionnerait mes professeurs.

Le maire, un homme sage et réfléchi, répondit après un moment de silence :

– Si cette plante est aussi précieuse que tu le dis, elle mérite d'être protégée, pas exploitée comme un simple trophée.

– Vous avez raison, murmura Christian, penaud.

Le maire ajouta avec un sourire bienveillant :

– Mais si tes études permettent un jour de prouver la rareté et les propriétés de cette plante, cela pourrait mettre notre village sous le feu des projecteurs. En attendant, soyons prudents.

L'incident fut clos, mais le cimetière resta fermé par mesure de précaution. Rémi, quant à lui, replaça discrètement la plante sur son support, espérant que sa grand-mère ne ferait pas appel aux gendarmes.

Avant de rédiger son article, le correspondant local était passé chez elle pour lui soutirer des renseignements. Sans méfiance elle lui avait livré tout ce qu'elle savait et l'existence d'un carnet de voyage laissé par son époux.

Le samedi, la vie reprit son cours, comme si de rien n'était, pourtant l'article de presse n'était pas passé inaperçu pour tout le monde et quelqu'un savait à présent qu'un spécimen de la plante, poussant au cimetière, se trouvait chez la grand-mère de Rémi et qu'elle avait le pouvoir de prolonger la durée de vie.

La plupart des lecteurs prirent cette information comme une plaisanterie.

Diane, décide de contacter Rémi qui, grâce à ses études en biologie, pourrait effectuer des recherches poussées sur cette plante. Vers 11 heures, le samedi, elle lui donne rendez-vous au bar du centre.

Elle est heureuse de faire la connaissance de ce jeune de 20 ans qui semble passionné par ses études en biologie.

– Mes études se portent sur la biodiversité actuelle, dont nous ne connaissons qu'une petite partie et sur l'évolution des espèces. Depuis plus de 4 milliards d'années, des liens de parenté ont été établis entre les espèces. Ceci forme un arbre, nommé « arbre de la vie » où chaque feuille représente une espèce et chaque nœud un ancêtre. Cet arbre est mis à jour de façon hebdomadaire, par des experts de la taxonomie qui modifient l'arbre pour ajouter de nouvelles espèces. Cette plante n'est peut-être pas encore répertoriée et je dois le vérifier.

– On raconte qu'elle peut ralentir le vieillissement

– Une communauté de moines vietnamienne vénérait cette plante comme un trésor sacré. Mais ce n'est pas seulement ça… Certains disent qu'elle peut aussi révéler des vérités cachées, des souvenirs oubliés.

Après une pause il poursuit :

– Ma grand-mère m'a parlé d'un carnet que mon grand-père avait ramené avec la plante lors d'une expédition au Viet Nam. Elle dit qu'il contient des notes sur son origine et sur les moines qui la cultivaient.

– Essayez de le retrouver, lui dit Diane en le quittant et tenez-moi au courant.

Dans l'après-midi, vers 17 heures, tandis que la nuit commence à tomber, elle reçoit un appel de Rémi.

– J'étais parti au supermarché pour accompagner ma grand-mère, mais une surprise nous attendait au retour. En arrivant, la porte était ouverte et la maison avait été minutieusement fouillée, les tiroirs renversés et les meubles déplacés…

– Que cherchait-on ?

– Sans doute le mystérieux carnet de mon grand-père dont je vous ai parlé, vous étiez la seule à qui j'ai confié son existence.

– Vous ne croyez pas que c'est moi l'auteur de la fouille de votre maison, dit-elle indignée.

– Alors, qui d'autre ?

– Peut-être quelqu'un aura surpris notre conversation au bar, peut-être votre grand-mère en a-t-elle parlé au journaliste. Le cambrioleur a pensé que ce carnet était d'une grande valeur et qu'il devait s'en accaparer.

Rémi ne répond pas, sceptique.

– Mais enfin, vous n'allez pas me soupçonner…

Il a raccroché.

Diane sent une boule se former dans son estomac. Qui aurait pu fouiller ainsi la maison de la vieille dame ?

Chapitre 15

Le carnet

La quête autour de la « larme de vie » venait de prendre une tournure plus dangereuse.

Afin d'éclaircir le quiproquo, Diane se rend chez Madame Siopas pour se justifier auprès de Rémi. Dès qu'elle franchit le seuil de la maison, elle sent une forte tension. L'atmosphère est lourde, empreinte de méfiance.

– Tout a commencé par votre faute depuis que vous êtes venue me demander des renseignements sur ma plante, lance la vieille dame d'un ton sec, en croisant les bras.

– Croyez que je suis aussi étonnée que vous, répond Diane, cherchant à apaiser les esprits. Des voisins ont-ils remarqué quelque chose d'inhabituel ?

– Oui, Ernestine a vu deux hommes rôder autour de la maison. Prudente, elle leur a demandé ce qu'ils faisaient. Ils ont prétendu qu'ils étaient envoyés par la Mairie, qu'ils participaient au recensement des pièces de l'habitation et de ses habitants.

– Mais la campagne de recensement ne débute que le 16 janvier, fit remarquer Diane, perplexe.

– C'est vrai, elle a trouvé cela louche. Mais au lieu d'insister, elle a fermé sa fenêtre pour ne pas laisser pénétrer le froid et s'est désintéressée d'eux. Et voilà, ils sont entrés. À présent, je dois tout remettre en ordre avec Rémi, et ce n'est pas une mince affaire.

– Ont-ils trouvé ce qu'ils cherchaient ? demande Diane, son esprit déjà en alerte.

– Comment voulez-vous que je le sache ! Rémi, peux-tu venir ?

Rémi arrive, la mâchoire crispée et les sourcils froncés. Sa colère est manifeste.

– Ils ont pris le carnet de votre grand-père ? murmure-t-elle, comme si elle redoutait que les murs aient des oreilles.

Il ne répond pas à cette question, mais ajoute, hargneusement :

– Ces types cherchent quelque chose. Ils ne se seraient pas donné tout ce mal pour un simple carnet, répond Rémi, les poings serrés.

Diane acquiesce, le cœur battant. Mais comment les retrouver ?

– Est-ce que la voisine a remarqué une voiture ou un accent particulier ?

– Non, pas de voiture. Mais elle a dit qu'ils parlaient d'une manière convaincante, on avait envie de leur faire confiance.

Un silence pesant s'installe. Diane sent une étincelle d'intuition naître en elle.

– Ce carnet... qu'est-ce qu'il contenait exactement ? demande-t-elle, en scrutant Rémi.

– Des notes sur la plante, bien sûr, répond-il avec impatience. Mais aussi des dessins, des schémas... et des noms, tout ce qui aurait pu m'aider dans mes recherches.

– Des noms ? répète Diane, interloquée.

– Oui, des noms anciens, des dates. Mon grand-père disait toujours que cette plante avait traversé les siècles, qu'elle était liée à une histoire oubliée.

Diane sent une montée d'adrénaline. Ces voleurs n'étaient pas des amateurs. Ils savaient ce qu'ils cherchaient. L'article de presse avait causé des dégâts.

– Je vais aller voir Ernestine, déclare-t-elle. Peut-être se souvient-elle d'un détail qui vous a échappé.

Avant qu'elle ne quitte la maison, Rémi la retient par le bras.

– Faites attention, Diane. Ces hommes ne reculeront devant rien.

Diane hoche la tête et sort dans la nuit glaciale. Ses pensées tourbillonnent. Si ces hommes étaient prêts à voler pour obtenir ce carnet, qu'étaient-ils capables de faire pour la « larme de vie » elle-même ?

Elle frappe doucement à la porte d'Ernestine, une vieille dame au regard perçant, réputée dans le village pour sa mémoire infaillible et son esprit vif. Après quelques secondes, la porte s'ouvre sur un visage plissé, mais lumineux, où brille une curiosité presque enfantine.

– Oh, Diane la romancière, entrez donc, dit-elle avec une voix chaleureuse. Je me doutais bien que vous viendriez me parler de ces hommes. Ils n'avaient pas l'air d'être là par hasard, murmure-t-elle en jetant un coup d'œil furtif autour d'elle avant de refermer la porte d'un air malicieux.

Le petit salon dans lequel Ernestine invite Diane à s'asseoir est un véritable musée miniature. Des étagères croulent sous des bibelots en porcelaine poussiéreux, des cadres anciens et des souvenirs de voyages, des photos en noir et blanc et un vieux poste de radio qui crachote doucement un air mélancolique. Une odeur de thé aux épices flotte dans l'air, mêlée à celle d'un bois ancien patiné par le temps.

– Ils avaient une manière étrange de parler, reprend Ernestine tout en s'affairant à préparer du thé. Un accent… je dirais, un peu chantant, mais certainement pas d'ici. Peut-être du sud, ou de l'étranger ?

Elle pose la théière fumante sur une petite table basse en bois sculpté, puis s'assoit face à Diane, l'air légèrement préoccupé.

– Et l'un d'eux portait un T-shirt clair sous son blouson marron. Sur le T-shirt, il y avait un motif.

– Un motif ? Quel genre de motif ? demande Diane, les yeux brillants d'intérêt.

– Une sorte de cercle avec des lignes... ça ressemblait à un soleil, ou peut-être une fleur, ou même un arbre. Je ne suis pas restée longtemps à les observer, mais cela m'a frappée.

Diane sort son téléphone, ses doigts glissant rapidement sur l'écran pour effectuer une recherche. Après plusieurs tentatives, une image apparaît : un emblème ancien représentant un arbre stylisé, utilisé autrefois par une société botanique oubliée, autrefois basée dans la région.

– Oui, ça ressemblait à ça ! s'exclame Ernestine, en se penchant pour mieux voir l'écran.

– Ernestine, vous êtes incroyable ! s'écrie Diane, un sourire radieux illuminant son visage.

Ernestine rougit légèrement, flattée.

– Alors, vous êtes satisfaite ? Parlerez-vous de moi dans votre roman ? demande-t-elle, l'air malicieux.

Diane cligne des yeux, surprise.

– Mais non, ce n'est pas pour un roman, répond-elle en riant doucement.

– Oh, je croyais, murmure Ernestine, visiblement déçue.

Diane quitte la maison avec un mélange de perplexité et de désappointement. Le témoignage d'Ernestine, si prometteur, semblait n'être qu'un fruit de son imagination fertile. Peut-être avait-elle voulu aider Diane en prétendant reconnaître un symbole. Dommage.

En arrivant à la maison de Madame Siopas, Diane aperçoit une voiture de gendarmerie qui s'arrête devant la maison. Deux gendarmes en descendent, leurs uniformes sombres contrastant avec la lumière vacillante des réverbères.

– Bonsoir, dit l'un d'eux en s'approchant. Est-ce vous qui avez été cambriolés ?

– Oui, c'est bien ici, répond Rémi, visiblement surpris.

– Vous n'êtes pas les seuls. Deux maisons au bout de la rue ont également été visitées, ajoute le gendarme.

À ce moment, la grand-mère de Rémi descend l'escalier d'un pas lent, mais déterminé, brandissant un petit carnet.

– Je l'ai retrouvé ! Je l'ai retrouvé ! s'écrie-t-elle avec enthousiasme.

Elle s'arrête net en apercevant les gendarmes.

– Qu'avez-vous retrouvé ? demande l'un d'eux, intrigué.

– Oh… euh… un petit carnet que j'avais perdu, répond-elle, un peu embarrassée.

– Qu'est-ce qu'on vous a volé ?

Rémi hausse les épaules.

– Nous sommes encore en train de ranger. On verra plus tard ce qui manque.

– Tenez-nous au courant, répond le gendarme en hochant la tête. Bonne soirée.

Une fois les visiteurs partis, Diane se tourne vers Rémi et sa grand-mère, une lueur de malice dans les yeux.

– Alors, ce n'est pas le carnet que les voleurs cherchaient. Nous nous sommes complètement fourvoyés.

– Ce n'étaient que de simples cambrioleurs, ajoute Rémi avec un soupir.

Diane éclate de rire.

– Mon imagination m'a encore joué des tours. J'avais même imaginé qu'un laboratoire pharmaceutique voulait s'emparer des secrets de la plante pour fabriquer un élixir de jouvence !

Rémi ne peut s'empêcher de rire à son tour.

– Et pourquoi pas une conspiration internationale pendant qu'on y est ? Ajoute la grand-mère.

Les rires résonnent dans la pièce, dissipant pour un instant l'ombre des récents événements. Mais dans l'esprit de Diane, une question reste en suspens : et si, malgré tout, il y avait un fond de vérité dans cette histoire ? Et si les cambrioleurs de Madame Siopas avaient des motifs différents de ceux des maisons voisines ? Et voilà une fois de plus l'imagination de Diane qui part au galop.

Chapitre 16

La consternation

De retour chez elle, Diane, un peu déçue par le dénouement autour du carnet, décide de reprendre le fil de cette histoire depuis le début, comme pour en résoudre les énigmes restées en suspens.

Tout avait commencé avec ce mystérieux paysagiste, qui, sans explications, lui avait offert une plante singulière et l'avait incitée à se rendre dans un cimetière à l'abandon. Là-bas, elle avait découvert une plante semblable, nichée auprès de la tombe d'un moine botaniste oublié. Le hasard avait voulu qu'elle croise à nouveau cette plante rare, cette fois dans le jardin de Madame Siopas.

Si elle ne s'était pas interrogée sur cette coïncidence et n'avait pas questionné Madame Siopas, jamais Rémi, le petit-fils de cette dernière, n'en aurait parlé à ses camarades. Christian, ce garçon audacieux, n'aurait pas osé s'aventurer dans le cimetière par défi et la mairie n'aurait pas pris la décision radicale de fermer les lieux. Sans cet enchaînement d'événements, la presse locale n'aurait jamais évoqué les prétendus pouvoirs mystérieux de cette plante et personne n'aurait su que la grand-mère de Rémi en possédait une sur le mur de son jardin.

Diane se sent étrangement responsable de cette suite de conséquences imprévues. La fermeture du cimetière, qui était aussi le point de départ d'un chemin de randonnée prisé des marcheurs, pèse sur sa conscience. Comment tout cela a-t-il pu arriver ? Une simple plante pouvait-elle bouleverser à ce point l'ordre des choses ?

Et puis, il y avait cet inconnu du marché de Noël... Pourquoi lui avait-il donné cette plante en particulier ? Était-ce un simple geste altruiste, destiné à lui porter bonheur ? Ou bien voulait-il qu'elle garde un souvenir de lui, comme un lien invisible qui les unirait ? Avait-il perçu en elle une aptitude particulière, une sensibilité qui ferait d'elle la gardienne idéale de cette plante unique ? Était-ce un appel, une mission secrète qu'il l'avait jugée capable d'accomplir ?

Elle repense aux indices laissés sur son chemin : l'arbre de vie sur le médaillon de l'inconnu, sur la tombe d'un moine passionné de botanique, sur l'étiquette collée sous le pot de fleurs... Tout semblait relié, comme les maillons d'une chaîne qu'elle peinait encore à assembler. Et pourtant, cette idée qu'il ait pu voir en elle une élue, quelqu'un de digne de ce don mystérieux, lui réchauffe le cœur.

Mais la vie continue et la date du 20 décembre approche. Son frère sera bientôt là, avec sa compagne. Les deux jours précédant leur arrivée, Diane s'absorbe dans les préparatifs : elle astique la chambre d'amis, fait des courses pour composer des repas généreux de spécialités aveyronnaises et élabore un programme de visites pour leur faire découvrir la beauté de la région. Elle veut s'assurer que tout sera parfait, que leur séjour restera gravé dans leur mémoire comme un moment chaleureux et authentique.

Ces tâches l'accaparent et, pour un temps, la plante mystérieuse et son énigme s'effacent de ses pensées. Les jours suivants se déroulent dans une atmosphère conviviale, rythmés par les discussions animées, les rires et les bons repas partagés. Le mystère de la plante semble lui offrir une trêve, comme si le temps lui-même suspendait son cours pour lui permettre de savourer pleinement la présence de ses proches.

Le jour de Noël, ils ont décidé de se rendre dans un village que Diane affectionne particulièrement. Elle invite souvent ses amis à en faire la visite. Il se situe à un point stratégique où le Tarn, coulant paisiblement, décrit une large boucle. Sur un éperon rocheux se dressent un ancien monastère et une chapelle d'art roman que Diane tient à faire découvrir à la compagne de son frère. Après avoir gravi un escalier d'au moins cinquante marches, ils arrivent au pied de la chapelle d'où le panorama sur la vallée est impressionnant, baignée à l'instant par une lumière d'hiver douce et dorée.

Des chants religieux s'échappent de la porte entrouverte, portés par un chœur grave et profond, qui semble résonner au-delà des murs de pierre. Attirés par cette mélodie intemporelle, ils pénètrent dans l'église. Quelques fidèles assistent à la messe qui touche à sa fin.

Diane, fascinée, s'arrête devant l'un des battants du portail. Ses doigts effleurent le bois sculpté où un arbre de vie s'élève en relief. Une étrange sensation l'envahit. « C'est impossible… Je l'ai déjà vu quelque part », murmure-t-elle, troublée.

Dans l'allée centrale, tous trois restent immobiles, subjugués par la majesté des lieux. Deux moines, silencieux, sont assis sur des stèles près de l'autel, leurs visages baissés comme en prière.

Lorsque le prêtre prononce les mots ultimes, *Ite, missa est*, un mouvement attire soudain l'attention de Diane. L'un des moines se lève, sa robe blanche glissant sur le sol comme une vague.

Le cœur de Diane s'emballe. Cette silhouette, ce visage à demi caché sous le capuchon… Elle le reconnaît. L'inconnu du marché de Noël !

Son souffle se bloque. Chaque pas du moine vers la sortie résonne dans son esprit comme un glas. Lorsqu'il passe devant eux, il lève les yeux. Leurs regards se croisent.

Un éclair de vérité traverse Diane. Une vérité brutale, insoutenable s'abat sur elle. Son corps cède sous le poids de l'émotion et elle s'effondre, son visage livide, comme si son âme s'en était échappée.

Son frère se précipite à son secours, suivi du moine, dont l'inquiétude transperce son masque de calme. Allongée sur un banc, Diane reprend doucement conscience. Le moine, agenouillé à ses côtés, murmure en tapotant ses joues :

– Diane… Diane, pardonne-moi…

Son frère, déconcerté, demande :

– Vous la connaissez ?

L'homme hoche la tête, ses traits crispés par un mélange de culpabilité et de douleur.

– Oui, nous nous sommes déjà rencontrés. Tout est de ma faute… J'aurais dû lui parler avant.

– Lui parler de quoi ?

Avant qu'il ne réponde, Diane ouvre les yeux. Son regard croise celui de l'homme penché sur elle. Malgré la douleur qui l'étreint, elle ressent une chaleur inattendue, presque apaisante.

– Pourquoi ne m'avoir rien dit ? murmure-t-elle.

Le moine détourne les yeux, comme accablé par un poids invisible.

– C'était difficile… Je suis sur le point de me consacrer à une vie de renoncement.

Le cœur de Diane se serre. Une lame glacée semble traverser sa poitrine.

– Vous êtes moine ?

– Pas encore… Mais je m'apprête à le devenir. C'est pourquoi je me suis enfui du marché de Noël. Ce que je ressens pour vous… ce n'est pas permis.

Ces mots la frappent de plein fouet.

– Alors tout cela… le marché, la plante, le cimetière… c'était pour m'éloigner de vous ?

Il esquisse un geste d'apaisement, mais ses yeux trahissent une profonde tristesse.

– Non, Diane. C'était pour vous montrer que certaines routes ne mènent nulle part. Que vous ne devez rien attendre de moi.

– Et moi ? Et ce que je ressens ? murmure-t-elle, sa voix brisée par l'émotion. Tout ce que j'ai fait, c'était dans l'espoir de vous retrouver.

Le moine baisse la tête, comme si ses propres sentiments menaçaient de le submerger. Sa voix, lorsqu'il parle enfin, est empreinte d'une grande douleur :

– Vous croyez que je ne pense pas à vous ? Pouvez-vous ignorer ce que je ressens ? La lutte que mène mon corps contre mon esprit ? Mais ma voie est tracée, elle ne peut inclure ce que je désire…

Diane secoue la tête, désespérée.

– Vous dites que votre voie est tracée, mais qu'en est-il de moi ? Dois-je renoncer à ce que je ressens pour vous, alors que chaque instant passé loin de vous me détruit un peu plus ?

Un silence lourd s'installe. Finalement, il souffle, presque à contrecœur :

– Nous parlerons chez vous. Lorsque vos visiteurs seront partis.

– Vous savez où j'habite ?

Un faible sourire traverse son visage teinté d'une tristesse infinie.

– Bien sûr.

Avant qu'elle ne puisse ajouter quoi que ce soit, il s'éloigne à grands pas, sa silhouette disparaissant dans la lumière du porche.

Diane reste figée, le cœur lourd, les pensées embrouillées. Que va-t-elle dire à son frère ? Va-t-elle le mettre au courant ? Elle ne s'en sent pas capable. Pour l'instant, une question la hante : elle ne connaît toujours pas son nom.

Chapitre 17

Dénouement

Une dizaine de jours plus tard, un soir, il se rend chez Diane. Au-dehors un vent violent courbe dangereusement les branches des arbres. Le ciel d'un gris sombre n'annonce rien de positif. Assis dans le petit salon, entouré de l'atmosphère chaleureuse et familière de la maison de Diane, il commence son récit, hésitant, comme s'il pesait chaque mot.

– Depuis mon arrivée dans cet ancien monastère, ma vie a changé d'une façon que je n'aurais jamais imaginée. J'ai été accueilli par des frères bienveillants qui m'ont confié l'entretien des jardins. C'est là, parmi les parfums apaisants du romarin et de la lavande, que j'ai trouvé un semblant de paix. Mais pour subvenir à nos besoins, l'animatrice du marché de Noël m'a proposé de venir vendre des plantes.

Il s'interrompt, son regard profond ancré dans celui de Diane, comme pour s'assurer qu'elle perçoit toute la gravité de ses mots. Sa voix, légèrement tremblante, reprend :

– Dès que je t'ai vue, Diane, tout a basculé. Ton sourire, ta voix… J'ai ressenti quelque chose que je n'avais jamais éprouvé auparavant. Une chaleur, un vertige… J'étais bouleversé. Je t'ai parlé du cimetière parce que je savais que cela t'intéresserait, mais aussi parce que je voulais prolonger notre échange, te garder près de moi un peu plus longtemps.

Sa voix se brise légèrement et il baisse les yeux, visiblement ému. Diane retient son souffle, sentant chaque mot s'imprimer dans son cœur.

– Et puis, j'ai eu peur. Peur de ce que je ressentais, peur de m'attacher à toi au point de ne plus pouvoir partir. Alors, quand l'explosion du projecteur a semé la confusion, j'ai saisi l'occasion. J'ai prévenu les frères, qui attendaient dans la camionnette, de tout débarrasser. Et j'ai demandé à ma tante, la vendeuse de bijoux, de prendre ma place et de s'assurer que personne ne découvre qui j'étais.

Un silence s'installe, chargé de tension. Diane voit dans ses yeux une lutte intérieure intense, un combat entre le devoir et le désir.

– Je ne pouvais pas partir sans te laisser quelque chose. Cette plante, c'était ma façon de te dire… merci. Mais je ne m'attendais pas à ce que tu cherches à me retrouver à travers elle. Je ne pensais pas que mon amour était partagé.

Sa voix se fait plus basse, presque un murmure :

– Quand j'ai appris que tu te rendais au cimetière, j'ai envoyé un frère veiller sur toi. Il avait pour consigne de ne rien révéler, mais je savais que les indices finiraient par te mener à la tombe du moine. La plante te guidait vers cet endroit, où l'arbre de vie gravé sur la pierre était censé tout te révéler.

Il marque une pause, comme s'il cherchait les mots justes.

– Oui, alors, tu aurais dû comprendre qui j'étais, car l'arbre de vie sur l'autocollant apposé sous le pot où reposait la plante était le même que celui de la tombe du moine. Il faisait partie de la même congrégation que celle vers laquelle je m'étais dirigée. Je pensais qu'à la suite de cette découverte, tu renoncerais à retrouver ma trace.

Il poursuit, des larmes dans la voix :

– Il a fallu que tu viennes, le jour de Noël, visiter l'église romane avec ton frère pour découvrir brutalement qui j'étais.

Diane, bouleversée, comprend alors l'ampleur du dilemme qui le ronge. Une vague d'émotions la submerge en revivant cet instant. Elle murmure, presque pour elle-même :

– Je ne veux que ton bonheur, même si cela signifie te perdre.

Un silence s'installe, chargé d'émotion. Puis, il prend une profonde inspiration et brise l'attente. Il relève les yeux vers elle et, dans ce regard, elle perçoit une hésitation, mais aussi une lueur d'espoir.

– Diane, je n'ai pas encore choisi définitivement ma voie. Je suis encore libre…

Le silence qui suit est empli de tension, chaque seconde s'étirant comme une éternité.

Diane ose enfin poser la question dont elle redoute la réponse :

– Alors… que vas-tu faire ?

Il se penche doucement vers elle, sa main effleurant la sienne avec une tendresse infinie et, d'une voix tremblante, il poursuit :

– Si tu veux bien de moi, je crois que ma place est ici, avec toi.

Cette déclaration, à la fois timide et chargée d'émotion, fait éclater une vague de chaleur dans le cœur de Diane. Ces mots dits avec une simplicité désarmante font battre son cœur à tout rompre. Elle se sent libérée d'un poids immense, ses yeux brillent, et dans un souffle, elle répond :

– Je t'ai toujours attendu.

Leurs regards se croisent, unissant leurs âmes dans une intensité qui dépasse les mots. Autour d'eux, le vent semble se calmer, comme pour leur offrir un moment suspendu hors du temps. La lumière du soleil couchant enveloppe la scène d'une teinte dorée et, dans cet instant, l'espoir renaît, éclatant, comme une flamme dans l'obscurité.

Table des chapitres

Chapitre 1- La rencontre………………………...... 9
Chapitre 2 - L'attirance……………………..... 19
Chapitre 3 - L'incident…………………………25
Chapitre 4 - La disparition…………………….. 31
Chapitre 5 - Est-ce qu'elle divague ?...................35
Chapitre 6 – Rebondissement………………… 41
Chapitre 7 - Le cimetière……………………… 49
Chapitre 8 - La chute………………………….. 55
Chapitre 9 - Le récit de Diane………………..... 61
Chapitre 10 - La déception…………………… 67
Chapitre 11 - Recherche méthodique…………..73
Chapitre 12 - Des éléments nouveaux………… 85
Chapitre 13 - Fermeture du cimetière…………91
Chapitre 14 - Du nouveau sur la plante……….. 97
Chapitre 15 - Le carnet……………………… 105
Chapitre 16 - La consternation……………… 113
Chapitre 17 - Dénouement……………………121

Productions de Pierrette Champon - Chirac
Chez Brumerge :

– Le Village fantôme (poésie)
– Le Rapporté
– La Porte mystérieuse
– En avant pour l'aventure
– Du paradis en enfer
– En avalant des kilomètres
– Délire tropical
– De Croxibi à la terre
– Des vies parallèles (propos recueillis)
– Profondes racines
– Cœurs retrouvés
– Apporte-moi des fleurs
– Le Manteau Fatal
– La vengeance du crocodile
– Vers un nouveau Destin
– La Canterelle
– Un certain ballon
– Le pique-nique
– Lettres à ma prof de français
– Une semaine éprouvante
– Revirement
– Rester ou partir ?
– Panique en forêt
– Reste chez nous
– Pour ne pas oublier
– Dans les pas du mensonge
– La poésie du quotidien
– Le trou n°5
– Étonnantes retrouvailles

– La rançon de la bonté
– Immersion en milieu rural
– Que la fête soit « bêle »
– Un étrange bouquet de roses
– Un séjour à la campagne
– Début de carrière mouvementé
– L'oncle surprise de Fanny
– Le secret du puits
– Les avatars d'une rencontre
– La surprise du premier emploi
– Rencontres tragiques
– Une vengeance bien orchestrée

Chez Books on Demand :

– Tragédie au moulin
– Pour quelques euros de plus
– Étrange découverte en forêt
– Les imprévus d'Halloween
– Fatale méprise
– Piégé par un roman
– La surprise du carreleur
– Dans les méandres de la nuit
– Un scénario bien orchestré
– Un nuage est passé
– Loin de la mer et des vagues
– Poèmes
– Rencontre

Albums photo aux Éditions le Luy de France

– Il était une fois Réquista (2012)

– Mémoire du Réquistanais Tome 1 et 2

– Réquista, retour vers le passé